Tucholsky   Wagner   Zola   Scott   Sydow   Freud   Schlegel
Turgenev   Wallace   Fonatne

Twain   Walther von der Vogelweide   Fouqué   Friedrich II. von Preußen
Weber   Freiligrath

Fechner   Fichte   Weiße Rose   von Fallersleben   Kant   Ernst   Frey
Richthofen   Frommel
Hölderlin

Fehrs   Engels   Fielding   Eichendorff   Tacitus   Dumas
Faber   Flaubert
Eliasberg   Ebner Eschenbach
Feuerbach   Maximilian I. von Habsburg   Fock   Eliot   Zweig
Ewald   Vergil

Goethe   Elisabeth von Österreich   London

Mendelssohn   Balzac   Shakespeare   Dostojewski   Ganghofer
Lichtenberg   Rathenau   Doyle   Gjellerup
Trackl   Stevenson   Hambruch
Mommsen   Tolstoi   Lenz   Hanrieder   Droste-Hülshoff
Thoma
Dach   Verne   von Arnim   Hägele   Hauff   Humboldt
Reuter
Karrillon   Rousseau   Hagen   Hauptmann   Gautier
Garschin
Damaschke   Defoe   Hebbel   Baudelaire
Descartes
Hegel   Kussmaul   Herder
Wolfram von Eschenbach   Dickens   Schopenhauer
Darwin   Rilke   George
Bronner   Melville   Grimm Jerome   Bebel   Proust
Campe   Horváth   Aristoteles
Bismarck   Vigny   Barlach   Voltaire   Federer   Herodot
Gengenbach   Heine
Storm   Casanova   Tersteegen   Gilm   Grillparzer   Georgy
Chamberlain   Lessing   Langbein   Gryphius
Brentano   Lafontaine
Strachwitz   Claudius   Schiller   Kralik   Iffland   Sokrates
Katharina II. von Rußland   Bellamy   Schilling
Gerstäcker   Raabe   Gibbon   Tschechow
Löns   Hesse   Hoffmann   Gogol   Wilde   Vulpius
Gleim
Luther   Heym   Hofmannsthal   Klee   Hölty   Morgenstern
Roth   Heyse   Klopstock   Goedicke
Luxemburg   Puschkin   Homer   Kleist
La Roche   Horaz   Mörike   Musil
Machiavelli   Kierkegaard   Kraft   Kraus
Navarra   Aurel   Musset
Nestroy   Marie de France   Lamprecht   Kind   Kirchhoff   Hugo   Moltke
Nietzsche   Nansen   Laotse   Ipsen   Liebknecht
Marx   Lassalle   Gorki   Klett   Ringelnatz
von Ossietzky   May   Leibniz
vom Stein   Lawrence   Irving
Petalozzi   Platon   Knigge
Sachs   Pückler   Michelangelo   Kock   Kafka
Poe   Liebermann   Korolenko
de Sade   Praetorius   Mistral   Zetkin

Rathsstübel Plutonis

Hans Jakob Christoffel von Grimmelshausen

Impressum

Autor: Hans Jakob Christoffel von Grimmelshausen
Umschlagkonzept: toepferschumann, Berlin

Verlag: tredition GmbH, Hamburg
ISBN: 978-3-8424-0533-2
Printed in Germany

Hans Jacob Christoffel von Grimmelshausen

Rathsstübel Plutonis

Oder

Kunst reich zu werden /

Durch vierzehen underschiedlicher namhafften Personen
richtige Meynungen in gewisse Reguln verabfasset / und
auß *Simplicissimi* Brunnquell selbsten geschöpfft / auch auff-
recht Simplicianisch beschrieben
Von Erich Stainfels von Grufensholm /
Sambt *Simplicissimi Discurs*, Wie man hingegen bald auffwannen: und mit seinem Vorrath fertig werden soll.

Getruckt in Samarien /
Jm Jahr 1672.

Designation.
Deren / so diß Wercklein auszufertigen veranlaßt.

Als nunmehr die mitte deß *Julii* sambt der gewönlichsten grösten Hitz deß Jahrs: nemblich die jenige Zeit sich nähert / welche die teutsche Bauren die Haberkilbe nennen / von deren die Medici sprechen / daß alsdann der Saurbrunnen am kräfftigsten sey; da machte sich mein Kostherr *Alcmæon* sambt *Cidonæ* seiner Frawen und ihrer Tochter *Spes* fertig dieselbig Cur in *Sanct Petri* Thal zugebrauchen; *Monsigneur Secundat,* welcher mehr Gelt zuverzehren hatte als ich / beredet mich durch versprechen / daß er mich Gast halten wolte / daß ich mit ihm besagtem unserm Kostherren Gesellschafft zu leisten resolvirte; Er zwar beliebte diß / damit er sich mit vornehmen Leuthen / so an dergleichen Orthen ihre Gesundheit zu suchen pflegen / bekandt machen: Jch aber / damit ich sehen möchte / wie es daselbsten hergehet. Also reiseten wir nun miteinander zum Saurbrunnen / da *Alcmæon* und sein Weib die Cur: deren Tochter *Spes, Monsieur Secundat* und ich aber deß Wassers nach Lust und Durst trancken / und uns deren Ergetzlichkeiten theilhafftig machten / die man an solchen Orthen haben kan.

Einsmahls an einem lustigen Morgen / als *Alcmæon* sich auff den eingenohmenen Trunck ergieng / spatzirten wir mit; und in dem wir einen lustigen Weg an einem fliesenden Wässerlein auß dem grösten Thal in einen neben Zincken passirten / höreten wir eine Trompet *de Marin,* welche wegen ihres gewaltigen Thons einer rechten Trompet nicht ungleich lautet / und gleichsam auß allen benachbarten Bergen und Wäldern von der unverdrossenen *Echo* gantz anmuthig beantwortet wurde; Wir verwunderten / wer sich doch an diesem Ort unter den Bauren so lustig möchte hören lassen? Fragten auch deßwegen etliche Weiber die zu nechst an unserm Weg Häw dörreten; die berichten uns so gut sie kondten und verstunden / nemblich es wäre der Zimpelsüssus / der auff seiner grossen Klotz-Geige so auffmachte; Wir kondten aber hierauß nichts vernehmen / sonderlich wer der *Musicus* seyn möchte / und da wir so da stunden / und über die visirliche *relation* lachten / näherte sich *Collybius* der Handels-Herr und *Laborinus* ein Handwercks-Kerl (der jenem an statt eines Dieners auffwartete / und zugleich die Cur mit brauchte) beyde zu *Athen* wohnhafftig / zu uns; *Collybius,* nach dem er die Ursach unsers Gelächters verstanden / berichtet uns darauff / daß der weitberuffene *Simplicissimus* seine Wohnung allernechst vor uns hätte / welcher ohne Zweiffel auch der Spielmann wäre; Und nach dem *Mons. Secundat* von *Collybio* verstanden / daß er sich mit gemeltem *Simplicissimo* erst vor ein par Tagen bekandt gemacht / sagte er / so will ich ihn auch sehen und bekandt mit ihm werden / es koste was es wolle / derowegen giengen wir dessen Hoff zu;

Wir fanden ihn mit einem Buch in Händen / und eine junge heroische Dame auff Adelich bekleidet / (die auch eben damahls auff der Trompet *de Marin* striche) unter einer lustigen Linde im Schatten sitzen / und hättens vor sehr unhöfflich gehalten / sie beyde in ihrer *conversation* zuverstören / dafern *Simplicius* noch ein junger Buhler gewesen wäre / hatten sie auch bey solcher Beschaffenheit anzusprechen Bedenckens getragen / dafern uns *Collybius* nicht versichert / daß wir keine Ungelegenheit machen: sondern an *Simplicissimo,* bey dem wir alle willkommen seyen / einen rechtschaffenen offenhertzigen Teutschen finden würden / der so Leut- und holdselig sey / daß er umb anderer willen gern seine eigene Bequemlichkeit hindan setze.

So bald er uns sahe gegen ihm gehen / stund er auff / und kam uns auch entgegen; *Secundatus* legt die Complimenten ab; welche ungefährlich diß Jnhalts wären / die Begierde ihn zusehen / hätte ihn und seine *Compagnia* erkühnet / ihme zu besuchen / der Hoffnung / sie würden ihme keine Ungelegenheit machen; demnach sie ihn aber mit der Gesellschaft einer so außbündigen Schönheit beglücket angetroffen / wünschte er / daß sie ihre Hinkunfft biß auff ein andere Zeit versparet hetten / bittend ihm und seiner Gesellschaft diesen unversehenen Uberfall zuvergeben / wo er hingegen ihme wiederumb angenehme Dienste / etc. *Simplicissimus* antwortet / Es werde ihm hierdurch gantz keine Ungelegenheit zugefügt / sondern er hätte sich vielmehr der grossen Ehr zu erfrewen / die ihm wiederfuhre / wann er durch ehrlicher Leuthe so ansehenliche Besuchung gewürdiget werde; welches er mit nichts anders zubeschulden wisse / als daß er bitte / sie wolten in seinem Hauß und Hoff: auch ihme selbsten nach belieben befehlen / ob er vielleicht durch einige gefällige und gehorsame Dienstleistungen ihre Bemühung in etwas wiedergelten möchte; Jndessen hatte Collybius obengedachte Dam salutirt / welche eine ihm wolbekante *Comœdiantin*: und *Coryphæa* genandt war; Aber als er sahe / daß *Simpl:* mit *Monsieur Secundato* ausgeredet / begrüßt er ihn auch / und weil er schon bessere Kundschafft mit ihme hatte / als wir andere / sagte er zu ihm / Mein Herr / gebt doch GOtt die Ehr / und bekent / ob ihm oder *Madamoiselle Coryphæa das gröste Leid wiederfahren* / daß wir ihren Lust zerstöhret? *Simpl.* antwortet / was gegenwärtige *Madamoiselle* anbelangt / hat selbige diese Stund das erste mahl mit mir geredet / in dem sie mich umb herleyhung meines Trumscheids angesprochen; so kan ich ihr auch nicht ins Hertz sehen / zuwissen wann sie sich erfrewt oder beleidiget findet: kan mir aber leicht einbilden / sie werde lieber mit einem jungen Kerl der ihr bekandt / als mit einem alten Kracher wie ich bin / umbgehen / und also durch deß Herrn herkunfft wenig betrübt worden seyn: ob aber ich durch die sambtliche Compagnie beleidiget worden seye / hat gegenwärtiger Herr allbereit von mir zuvernehmen beliebt.

Als *Monsieur Secundatus* sahe / und auß *Collybii* und *Simpl: discurs* abgenommen / daß man viel offenhertziger und freyer reden und thun dörffte / als er sich wol wegen deß *Simplicissimi* scheinbarlicher *gravi*tät und ehrwürdigen Ansehens eingebildet / sagte er / Herr *Simplici,* es wäre nicht recht / wann wir ihn seiner ersten Bitt nicht gewähren solten / die da war / wir solten in seinem Hauß und auch ihme selbsten befehlen / darumb will ich den Anfang machen und hiemit befohlen haben / daß wir uns sämtlich unter jene Linde rings weiß zum Brunnen ins Grüne niedersetzen sollen / umb uns im Schatten mit einem annehmlichen und lustigen Gespräch zuergetzen.

Darauff setzte sich der Cavallier *Martius Secundatus* selbsten / neben ihm unser Kostherr *Alcmæon,* an ihn sein Weib *Cidona,* an deren Seite ihre Tochter *Spes,* neben selbige machte sich *Simplicissimus,* und sagte im niedersetzen zur Jungfrawen / diß Recht hat uns der König David gestifftet / daß nemblich alte Männer sich neben der Jungfrawen Seiten erwärmen mögen; neben ihn sasse *Collybius* der Kauffherr nider / weil aber die *Comœdian*tin *Coryphæa,* die fürwahr in keinem schlechten Kleid dort stunde / sich ich weiß nicht auß was für Ursachen im Angesicht anröthete / und solches *Monsieur Secundatus* wahr nahm / setzte er sie zu sich auff seine rechte Seite / sie umb verzeyhung bittend / daß er ihren ihre gebührende Stell nicht ehender einzunehmen verfügt hätte; Jn dem ich nun auch an *Collybio* der an *Simplicissimo* sasse / meine Stell nehmen wolte / hören wir hinder *Simplicissimi* Hauß und Stallung

Leuth herfür kommen / deren freundlich Gespräch bey nahe einen balgen gleich lautende: Wir spitzten alle die Ohren / und sahen ohnlengst hernach Herrn *Simplicissimi* alten Knan in aller Erbarkeit daher tretten / welcher einen eben so alten Juden neben sich gehen hatte / so nach ihrem Brauch mit den Händen umb sich fochtelte / als wann er eine wichtige *disputation* außzuführen vorgehabt; Es war umb etliche orths-Thaler zuthun darumb sie beede noch stritten und vor *Simplicium* kamen / der darüber den Außschlag geben solte / als auß dessen Stall der Jud dem Knan ein par Mast-Ochsen abzukaufen im Werck begriffen; die Meuder folgete ihnen auff den Füssen nach / und warff mithin ihre Karten darunder; *Simplicius* gab dem Kauff und Verkauff gleich mit ein par Worten ein Endschafft / und fragte den Juden im Schertz / weil sichs die Red so gab / wie weit er noch hin hette reich zuwerden? Welches *Secundatus* beobachtet / und darauff zum Juden sagte: wann er hiervon Nachricht zugeben wüßte / so solte er sich zu uns niedersetzen / er aber wolte nicht / sondern wendete vor / daß es ihm nicht gebühre: Wilt du nicht / antwortet Se *cundatus*, so werffe ich dich den Berg hinunder? Vnd alß er sich hierauff noch sperrte / stund er auff / erwischte ihn beym Leib / und setzte ihn durch seine Stärcke mit Gewalt zwischen sich und *Coryphæam*; befahl darauff dem Knan / daß er sich neben *Collybium*: und mir / daß ich mich neben den Knan setzen solte: Alß solches geschehen / müßten die alte Meuder und *Laborinus* den Ring beschliessen / da die alte Meuder neben die *Coryphæam*, *Laborinus* aber zwischen mich und dieselbige zusitzen kam.

Es sahe in wahrheit recht lächerlich auß / weil sie so unterschidliche Leuth da beisammen befunden: *Simplicius* sagte / es ermahne ihn an ein besetztes Gericht / darinn *Monsieur Secundat* den Stab führe! Wolan / antwortet derselbe / so werden die Zwölffer dem Schultheissen gehorsammen und keiner ohne sein Erlaubnuß aufstehen / seinem Diener aber befahl er / daß er dem Würt sagen solte / so viel an Speiß und Tranck beyzuschaffen / daß die Sach nach geendigter *Session* und *expedirten* rathschlägen genugsam eröffnen könten / darbey er aber das beste in der Kuch nicht hinderhalten solte.

Jndessen hatten der Knan / die Meuder und der Jud wegen deß Kauffs noch alß mit einander zu kippelen und zu märzahlen: Jenes alte Par vermeinte *Simpl.* hatte dem Juden die Ochsen umb ein halben Thaler zu wolfeil hingegeben: Diser aber sagte / jau das Gelt ist jetzt tauwr! es mangelt an allen orten bey meiner Schamme / wann euch ein Metzger bey 10. fl. so viel darfür geben hette. *Monsieur Secundat* aber fieng an einen Schultheissen zu agieren / mit solcher Ernsthafftigkeit / daß ich mich deß Lachens schier nicht enthalten könte / und in dem er sich eines bottmässigen Gewalts annam / thet er an die gegenwärtige folgende *proposition,* deren wir / nach dem er mit seinem Stab an die Linde geschlagen / ein Stillschweigen damit zuverkünden / auch fleissig auffhorchten.

Jhr Herren / ihr Frauen / ihr Männer / ihr Weiber / ihr Junge Gesellen und Jungfrauen. Demnach wir hier versamlet seyn / nicht die edle unwiederbringliche Zeit vergeblich hinstreichen zulassen / sondern uns dieselbe durch annehmliche Gespräch zu unserer Ergetzung zu nutz zumachen: und aber unterdessen von *Arone* dem Hebræer unserem jetzmahligen Mitbeysitzer geklagt und lamentirt wird / daß das Gelt aller Orten werth / und derowegen überal ein grosse Armut seye / wie auch dessen nur mehr alß zuviel aller Orten her gute Kundtschafft haben; Alß ist mein Sinn und Meinung / daß wir hierüber rahtschlagen sollen und wollen / ob nicht Mittel zufinden seyen / dardurch / wo nicht dieser allgemeinen Klag gäntzlich abgeholffen / doch wenigst uns unter einander der Weg gezeiget werde / der mühseligen Armut zuentfliehen / und zu der angenehmen und holden Reichtumb zugelangen; Weil nun dieses ein löbliches und hochnutzliches Vorhaben / alß werden meine Herren Beysitzer / auch Frauen und Jungfrauen Beysitzerinen / sich nicht zuwider seyn lassen / anzugeloben / daß sie dißfahls nach ihrem besten Verstand das beste rahten / und mit Eröffnung ihrer Hertzen heimlichsten *Concepten* nichts verschweigen wollen / was zu diser Sach nutzlich und bequem seyn mag: Hierauff reicht er den Stab dem *Alcmæon,* der ihn anrühret / und an den anderen rund herumb / bis an den Juden / der schier nicht daran wolte / da ihm aber *Monsieur Secundatus* vom brüglen sagte / und wir ihn berichteten / daß dises gar kein Eyd / noch an Eydsstatt: sondern nur zur Kurtzweil angesehen were / griffe er auch an Stab / drauff fiel die Frag / durch was Mittel einer der Armut entfliehen und zur Reichtumb gelangen könte: Der erste / so *votiren* solte / war unser Kostherr / und damit der letztere nicht irr werde / wil ich ohne weitläuffige Umständ einer jeden Persohn Antwort und *Sententz* besonder setzen.

1. *Alcmæon.*

Man soll sich an den Spruch halten / welcher versichert / wann man vor allen dingen nach dem Reich GOttes trachte / daß alles übrige von sich selbsten häuffig zufallen werde.

2. *Cidona.*

Man sagt zwar an GOttes Seegen / ist alles gelegen / aber mich dünckt die Hand müsse mit angelegt seyn.

3. *Spes.*

Ein schöne Jungfraw / darvor ich mich zwar gantz nicht ausgebe, samblet Reichthumb genug / wann sie sich der Tugend / Ehr und Fromkeit befleißt / dann solchen stellen reiche Männer nach / sie zuversorgen.

4. *Simplicissimus.*

Wer sich ernstlich und einmahl vor allemahl resolvirt hat / reich zu werden / und in solchem Vorsatz beständig verharren will / der muß das Gewissen nicht genaw beobachten.

5. *Collybius.*

Man muß sich durch seinen Verstand und eine gute *dexteritet* vortheilhafftig in die Zeit und Läuffe zu schicken wissen / und keine Gelegenheit hinschleichen lassen / darbey etwas zugewinnen.

6. Knan.

Man muß frühe und spaht hinden und vornen daran seyn / damit man nicht allein alles zum Nutzen richte / sondern auch verhüte / daß nichts verwarloßt werde / und zu grund gehe.

7. *Erich.*

Weil das Gelt / darinn mehrentheils Reichthumbe bestehen / gemeiniglich in grossen Herren Cassa zusammen zu fliessen pflegt / so ist denen so reich werden sollen / zu rathen / daß sie sich dort beliebt machen / und sich in Sorg / Fleiß / Forcht / und einer Hunds Demuht so lang alda behelffen / biß sie ihren Particul auch darvon bekommen.

9. *Laborinus.*

Demnach ich noch keinen durch grosse Arbeit hab sehen reich werden / so halt ich darvor / man müsse auch sonst allerhand Vortheil zu Hülff nemmen.

9. Meuder.

Man soll einen jeden Häller hundert: und einen jeden halben Batzen tausendmahl umbkehren / eh man ihn außgibt / und jederzeit dahin sehen / daß die Einnam zweymal grösser sey alß die Außgab.

10. *Coryphæa.*

Es ist sich zum höchsten zubefleissen / daß man die jenige / darvon man Nutzen hat / in Vnterthänigkeit und Armut erhalte / und sie / wann sie wol kriegen / gleich bessere.

11. *Aron.*

Man soll kein Gelt außgeben / man wisse dann eigentlich / daß man wiederumb mehr darvor einnemmen werde.

12. *M. Secundatus.*

Weil die meiste Schätz und Reichtumb / ja gantze Königreich und Fürstenthumb im Krieg gewonnen und verloren werden / so wer es eine Thorheit / wann ein Armer der Reichtumb verlangt / solche anderstwo alß in dem Krieg suchte / sintemahl er dargegen sonst nichts alß sein Leben verlieren kan / welcher Gefahr aber der

Reiche so wol alß er unterwerffen: aber weil es nicht jedermanns Thun ist / das Pulver gern zu Riechen / so lasset ferner hören / was wir sonst für Regulen haben / die uns Reichtumb zugewinnen dienlich seyn.

13. *Alcmæon.*

Das Sprüchwort dunckt mich sey nicht zuverwerffen / strecke dich nach der Decke: Jtem / du solst nicht mehr verzehren / alß dein Pflug mag ernähren.

14. *Cidonia.*

Niemal soll man müssig gehen / sondern allzeit etwas nutzlichs / es sey auch so gering alß es immer wolle / arbeiten.

15. *Spes.*

Wer etwas mit Zwirn außnehen kan / der sol keine Seiden darzu nemmen.

16. *Simplicissimus.*

So lieb dir dein Gelt ist / so lasse dir keinen andern darein schmecken / alß den / der dich nichts kostet.

17. *Collybius.*

Die Bürgschafften fliehe wie die Pest / wann du gleich zween Ruckbürgen hettest /

18. Knan.

Hast du unnütz Vieh / so schaff es ab / so bald du kanst.

19. *Erich.*

Die Beobachtung der schuldigen Selbserhaltung laßt uns zu / ja räht und zwingt uns gleichsam / einen andern dem Wasser auff die Mühl laufft / zuvertringen und uns an seine Statt zusetzen.

20. *Laborinus.*

Obgleich Lügen und Betriegen nicht gelobt wird / so erfordert es doch bisweilen die *prosperitet* deß Gelts.

21. Meuder.

So lang du dich mit alten Kleidern behelffen kanst / so trag und kauff dir keine newe.

22. *Coryphæa.*

Vermög Herren *Simplicissimi* Regul / stehet mir und meines gleichen zu / gleich der *Rhodope, Phrinæ, Timandræ, Damo, Lamia, Floræ* und andern mehr sich gebrauchen zulassen.

23. *Aron.*

Leihe keinem kein Gelt / vor welchem du den Hut abziehen müssest / du habest dann zu dessen Versicherung gnugsamer silberner und guldener Vnterpfand in Handen.

24. *Secundatus.*

Wilt du reich werden / so wiedersage gegen menniglich aller Barmhertzigkeit.

25. *Alcmæon.*

Gelt zusamlen schadet nicht wenig / wann man alle Tag in Kleidungen wie eine Puppe auß der Laden auffziehen will: merckts wol.

16. *Cidona.*

Wol geben! Gelt zusamlen schadet nicht wenig / wann man alle Tag dem Spielen und Raßlen obligt: Merckts wol.

27. *Spes.*

Sintemal viel kleine Bächlein endlich auch ein grossen Fluß machen / so wird vonnöhten sein / daß die kleine Außgaben eingestellt / und die geringe Einnahmen wol zusammen gehalten werden.

28. *Simplicissimus.*

Wer wolte den wol vor klug halten / welcher Gelt umb Schuh außgibt / wann er deren entbehren / und so wol alß beschuhet fortkommen kan.

29. *Collybius.*

Ein jeder der etwas schlims zuverkauffen hat / bring solche böse Wahr mit süssen und betrieglichen Worten an den Mann / und solte er gleich darüber Leib und Seel verschweren: dann wer sich vor dem Teuffel förcht / wird nicht reich.

30. Knan.

Es ist sich kein Gewissen darüber zumachen / wann einer gleich ein kranck mangelhafftig Stuck Vieh vor gesund verkaufft / dann das krancke hat eben so viel / und offt mehr Mühe / Sorg / und Futter gekostet / alß das gesunde.

31. *Erich.*

Schencke nichts hinweg / du seyest dann eigentlich versicheret / daß es dich zweymal so vil nutzen werde.

32. *Laborinus.*

Sintemal du den Durst mit Wasser löschen kanst / handelst du ohnweißlich / wann du Gelt umb Wein außgebest.

33. Meuder.

Wann du deine Strümpf und Kleider selbs flicken kanst / so dinge keinen Schneider.

34. *Coryphæa.*

Unsers gleichen verwende nichts an übrige Zierd deß Leibs / es geschehe dann einem reichen Wittwer oder jungen Gesellen zu gefallen / der es wider bezahle.

35. *Aron.*

Erhandle nicht leichtlich eine Wahr / sie seye dann entweder schandwolfeil / oder du wissest sie wieder eigentlich in bälde mit Gewin an Mann zu bringen.

36. *Secundatus.*

Unbenöhtigte und überflüssige Diener schaffe in bälde von der Kost.

37. *Alcmæon.*

Wann dir beliebt / dich mit deinen guten Freunden einmal lustig zumachen / so schaue / daß es nicht in deinem Hauß geschehe / dann wer den Tisch decket hat den Schaden.

38. *Cidona.*

Hüte dich so wenig in ein Wirts- alß in ein Siechenhauß zukommen / du werdest dann entweder durch einen guten Freund / der dich gastiert / oder durch die eusserste Noht hinein gezwungen.

39. *Spes.*

Ohnnöhtig ists / sich seinem Liebsten zugefallen mit theuren Holländischen Spitzen zuzieren / und viel Gelt darumb außzuge-

ben / siehet er dich aber gleichwol gern darinn zu seiner Augenweid / so mag er dir solche selbs kramen.

40. *Simplicissimus.*

Die Hoffart und Begierd reich zuwerden / schicken sich so wenig
zusammen / alß Feur und Wasser.

41. *Collybius.*

Mein Gott! worzu taugen so viel tausend fl.? die wir alle Jahr denen Welschen umb Daffete: und mit Silber und Gold durchzogene
Band zur Zierd unserer Kleidungen zuschicken?

42. Knan.

Der Bast von einem Hanffstängel / den ich alle Stund ohne Costen selbst zusammen trillen kan / wird länger außdauren / als
700. solcher Bändel / die man so theur bezahlet.

43. *Erich.*

Jch vermeine / also köndte man sich auch mit der Deutschen
Thier der Schaffe / Füchs / Wölff / Marder / Jltis / etc. Fäll vnd
Bälge behelffen / vnd Gelt ersparen / als daß alle Jahr so viel tau-
send Reichsthaler in die Moscaw vmb Beltzwerck schicke.

44. *Laborinus.*

Wir bedörffen auch keiner so theuren Ellendhäute / wann wir
sich mit vnsern Hirschen / Rehen / Bock: Gembsen: ja nur mit den
Wacken und Kalbsfellen behelffen wolten: die gleichwol einem
jeden Stand ein zierliche und daurhaffte Kleidung abgeben.

45. Meüder.

Wann ich vnd meine Mägd alle Jahr ein stück Zwilch / ein stück
gemein gut Hänffen Tuch vnd ein stück halb Leinen spinnen / vnd
weben lassen / so brauche ich keinen Häller vmb einigerley frembd
Zeug auszugeben.

46. Coryphæa.

Wer ja Kleider von Seiden / als Sammet / Atlaß vnd dergleichen haben muß wie ich vnd meines gleichen / der bekomme solche vmb einen billichen Preiß auff der Gand oder dem Krempelmarckt.

47. Aaron.

Jn Essen vnd Trincken soll man sich gesparsamlich behelffen.

48. Secundatus.

Wann man nur Rettich oder Knoblauch mit Saltz zum Brodt hat / so soll man damit prangen vnd sich einbilden / es schmäcke nichts bessers in der Welt.

49. Alcmæon.

Alsdan sey es ins Würtshauß zugehn erlaubt / wann man mit den Bezechten / als halb Besinten / einen profitablen Contract / Kauff oder Verkauff zutreffen versichert ist.

50. Cidona.

Man soll auch sich von der geringen Kost nicht satt essen / sondern je auß einem Jmbs zween machen.

51. Spes.

Nicht allein soll man sich nicht überfüllen / sondern auch nicht allweg essen wann einen hungert.

52. Simplicissimus.

Aber alßdann spehre man die Feyrtägliche Gurgel auff / wann man schmarotzet.

53. *Collybius.*

Demnach so seyen in unserer Kuchen alle theure Schlecker-Bißlein verbotten / und erlaubt was am wenigsten kostet.

54. Knan.

Recht so! Worvor ists / daß man viel Gelt umb delicate Speysen gibt; dann man macht ja so wol alß auß einem Haberbrey im Leib doch nur Dreck darauß.

(Meuder.

Holla Knan / wie dörfft ihr vor so ansehenlichen Leuthen so unflätig reden? Jhr denckt gewiß ihr führet Mist auß.

Secundatus.)

Großmuter / wann ihr mehr redet eh die Reyhe an euch komt / so müßt ihr ein Täpgen halten / was sagt ihr *Erice?*

55. *Erich.*

Weil sich die Kleidungen ausserhalb deß menschlichen Leibs nur in Lumpen / gleich wie die Speysen im Magen in abscheuliche *excrementa* verenderen / so ists thöricht gethan / wann man viel umb Seiden und kostlichen Zeug außgibt.

56. *Laborinus.*

Gleichwol machen Kleider Leuth / und Lumpen machen Leuß: man kleyde sich derowegen in Zwilch und daurhafft Leder / daß nicht viel kostet.

57. Meuder.

Gleichwie ich letztlich gesagt / daß ich mir und meinem Haußgesind selbs den Zeug zu Kleidungen ins Hauß spinne / also thete ich närrisch / wann ich umb frembd Moscowitisch Beltzwerck viel Gelt ausgebe / so lang mir meine Lämmer-Fell / die ich selbst ziehe / ebenso warm geben.

58. *Coryphæa.*

Jch were der Großmuter Meinung / wann ich nicht Handwercks halber und meiner Kunden wegen ein mehrers thun müßte.

59. *Aron.*

Wer je dolle Kleidungen zutragen gezwungen ist / der lasse sie nicht neu machen / sondern kauffe sie von denen / so auffwannen / auff der Gandt und auff dem Grempelmarckt / ich erfucker also alle meine Kleider.

60. *Secundatus.*

Wanns mir gleich nicht anständig ist / so wirds doch einem andern kein Schad seyn / wann er etliche Flecken an einem alltäglichen Kleid auff einandern setzet.

61. *Alcmæon.*

Nicht ehender seyn stattliche Kleider zutragen erlaubt / alß wann man mit Leuten umbgehet / bey denen man umb seines anderwertigen Nutzens willen sein Ansehen erhalten muß / oder einen Credit erhalten will.

62. *Cidona.*

Weil man je nicht allweg in einem Kleid auffziehen kan / wie ein Lauenwarter / so erspare man an dem alltäglichen / was das Feyr- und Fest-tägliche zuviel kostet.

63. *Spes.*

Es befleisse sich ein jedes / durch eigenes Spinnen / Würcken / Nehen / Stricken / Waschen / Flicken / und Zusammenhaltung der geringsten Läpplin erbauliche Kleidungen zuhaben / so wird dasselbe umb Gewand so gar viel Gelt nicht ausgeben dörffen: es sehe aber zu / daß ein solche Zeit hiermit nicht zubracht werde / in deren mehrere zugewinnen.

64. *Simplicissimus.*

Man hencke auch nicht zu viel an überflüssigen Haußraht / wie meine Würthin zu N. gethan / welche bey Tag die Supp in einem Haffen kochte / den sie bey Nacht an stat eines Kammers-Geschirrs brauchte.

65. Collybius.

Recht so: Dann was man hiervon außgibt / ist ein Todts-Capital / das sich endlich selbs verzehret in Stücken / die man selten braucht / behelff man sich mit entlehnen.

66. Knan.

Man muß sich befleissen durch eigene Arbeit die Stücke deß Haußrahts selbst zumachen / zubessern / und in Näss zu erhalten / wie ich mit meinem Schiff und Geschirr thue / damit ich nicht alle Tag dem Schmidt / Wagner und Seiler vor der Werckstat stehn müsse.

67. Laborinus.

Deß Kuchen-Geschirrs sey wenig / aber daurhafft und gut / alß gegossene Häffen und Pfannen / doppelte Kessel und ziennener Schüßlen / die einen sein Lebtag aushalten / und man jedoch bey nahe so viel alß Anfangs gekostet / wiederumb darauß lösen könne.

68. Meuder.

Weil man sich an einem Gericht genugsam erkröpffen kan / so soll man auch nicht mehr kochen; und worzu braucht man alßdann zween Häffen / und zwo Schüßlen?

69. Coryphæa.

Ob ich mich gleich alß eine Reisende noch nicht auff dergleichen Sachen verstehe / so geb ich doch der Großmuter recht.

70. Aron.

Es ereignen sich offt Gelegenheiten / beydes von den Benöhtigten und Vnverständigen kostbaren Haußraht umb halb Gelt zubekommen / diesen muß man nicht dahinden lassen / theils zubehalten /

und theils wieder in seinem rechten Werth zuversilbern / wordurch man umbsonst zu gebührlichem Haußraht gelangen kan.

71. *Secundatus.*

Meines theils schlaffe ich lieber und besser auff frischem Stroh / alß in einem Bethe / halte es auch vor gesünder; es sey derowegen ein getreue Warnung / daß man nicht so viel umb Bethwerck verschwenden soll. Wer thut den Zigeunern / Bettlern / Soldaten / Cappucinern und andern Reisenden? Aber was denckt ihr Erice? Weil ihr auff dieser Reyhe mit ewer Stimm zuruck bleiben.

72. *Erich.*

Jch verbiete etwas von eingelegter / fürnirter und sonst theurer Schreiner-Arbeit machen zulassen daß viel kostet / es ist nur ein Wohnung der Wandleuse / ein Kurtzweil der Mäuse / sich daran abzunagen / und ein Näst und Speyß der Würmen; ein groß unnütz Gesperr / das weder in Feuers- noch Kriegsgefahr irgens hinzubringen sondern überal haarlassen / und zu Aschen werden muß. Ein klein eisernes Tröglein mit Golt angefüllt / seynd gesünder alß hundert schöne Bethladen / Kisten und Kästen / die nur zum unnützen Gepräng im Hauß irren.

73. *Alcmæon.*

Was Herr Erich von der Schreiner-Arbeit gemeldet / wil ich auch von der Schlosser-Arbeit verstanden haben / da offt ein Dreyfuß biß in 60. oder 80. fl. zubeschlagen kostet: nur alles mit starcken Schlossen und groben Riglen wol verwahret / welches man unter dem alten Eysen auff dem Grempelmarckt umb ein geringes bekommen kan / ists beste.

74. *Cidona.*

Was mein Schatz und Herr Erich wegen dieser beyden Handwercker Arbeit statirt und gebotten / wil ich approbiert haben: sonderlich wann man mir abermal ein Brettspiel mit gebeitzten Birbäumen: von Ebenholtz: mit Ochsenknochen an statt Helffenbeins eingelegt / umb 20. Thaler in die Haußhaltung machen: und selbiges mit einem Beschläg von 3. Thalern vor den Schlosser / und 2. Thaler zuübergülden vor den Goldschmid außzieren lassen wolte; dabey ich auch den Trexler mit seinem auß Hebenholtz und Elephanten-Zähnen gepasseten Steinen verworffen haben wil.

75. *Spes.*

Vnd ich lasse den Trexler mit seiner Arbeit in die Haußhaltung zu nichts anders passieren / alß Kunckel und Spinnräder zumachen / und rechne alles das übrige vor unnöhtigen Vberfluß.

76. *Simplicissimus.*

Ach mein schöne Jungfer / sie lasse ihn doch nur Spindlen trehen / so hat sie das Gelt vor die Räder zum besten / alß die ohne das jetzt verbotten seynd.

78. *Collybius.*

Worfür bedarffs / so geringer particularitäten halber zu disputieren? weil sie aber gleichwol nicht zuverachten / so schliesse ich / man soll aller Handwercksleuthen Arbeit resignieren / was nicht ein besondern Gewin eynträgt.

79. Knan.

Das wird sich nicht thun lassen / der Schneider macht uns Kleider / darauß wir Lumpen machen / der Schuster Schu / die wir zerreissen / der Wäber Duch / so wir zerbrechen: tragen uns also die Arbeit dieser Handwerckern keinen Gewin eyn: Solten wir aber darumb nackend gehen? ewerer Meinung nach wer das Küffer-Handwerck das beste / darinn man den Wein auffhält / an solchem zur Zeit der Theurung zugewinnen.

80. *Erich.*

Es seye ihm wie ihm woll / ich hab gelesen / daß der grosse Keyser Augustus keine andere Kleider tragen wollen / alß die ihm seine Tochter selbs verfertiget / könte man also der Schneider / Wäber

/ Hosenstricker / dafern wir unsere Töchter eins und anders lernen liessen / und wann man sich mit Holtzschuhen / wie theils Orten bräuchlich / behelffen wolte / auch der Schuster entbehren.

81. *Laborinus.*

Also auch der Haffner / auß welcher Arbeit unsere Weiber Scherben machen / wann man hingegen beydes auß Metal und Eisen gegossener Häffen und Pfannen brauchte / deren Werhafftigkeit etlicher Menschen Alter außdauret.

82. Meuder.

Und muß man dann eben auch eiserne Röst und Bratspisse haben? Neulich sahe ich einen Bettler eine Bratwurst braten / die er umb einen höltzernen Bratspiß gewicklet hatte.

83. *Coryphæa.*

Was einer nicht täglich brauchen muß / sondern selten bedarff / das sol man bey jemand andern entlehnen / und also nicht alles grad kauffen.

84. *Aron.*

Hast du einen Freund oder Patronen / der dich nicht mehr nützet / alß dich seine Freundschafft zu unterhalten kostet / so laß die Freundschafft erlöschen.

85. *Secundatus.*

Ohne Freund können wir schwerlich leben: deren Freundschafft aber mit Costen unterhalten seyn wil / seynd vor keine Freund / sondern eintweder vor Schmarotzer oder vor obligirte Diener zuhalten: jene sind gut abzuschaffen / diese aber wann wir ihrer Dienste entbehren mögen.

86. *Alcmæon.*

Man kan sich auch beliebt / und ihm die Leuth zu Freunden machen / wann man gleich nach Doctor Schuppen Lehr / nicht so offt
zum Beutel / hingegen öffter nach dem Hut greifft; also daß es
ohnnöhtig Freund umbs Gelt zukauffen / welche erkauffte doch
ohne das in der Noht nicht Prob halten.

87. *Cidona.*

Hierunter seyen vor allen dingen auch die Gesellschafften der
Sauffbrüder gerechnet / die einandern keine andere Freundschafft
zuleisten pflegen / alß einander *Hex Bones Garitates* bscheid zuthun
und also einandern umbs Gelt zubringen.

88. *Spes.*

Jm Heurathen soll man nicht allein auff Schönheit / Tugend /
Geschicklichkeit etc. sondern vor allen Dingen auffs Gelt sehen.

89. *Simplicissimus.*

Jch aber sage / welcher Reich werden wolle / soll gar kein Weib
nemmen / könne er aber gleichwol keiner entbehren / so verheura-
te er sich mit einer Alten / und lasse / so lieb ihm die Göttin
Pecunia sey / die junge allerdings ein gut Jahr haben.

(*Secundatus.*

Herr *Simplice,* wann ihm beliebt / so lasse er uns die Ursachen
hören / die ihne veranlassen / so ein scharffen Sententz wieder das
junge Frauenvolck zufällen.

Simplicissimus.

Jch hab das junge Frauenzimmer zwar niemal verachtet / thue es
auch noch nicht / sondern sage / daß man umb besserer Prosperität
willen gar kein Weib nemmen soll / wann man aber ja deren nicht

entrahten könne oder wolle / daß man vor die Jugent das Alter erwehle.

Secundatus.

Warumb? Zwey können ja mehr Hunger leyden und ersparen / auch mehr gewinnen alß Eins.

Simplicissimus.

Wann ich mit einem Weib in das Würtshauß komme / so gilt mir jeder halbe Batzen nur ein Creutzer: Nimmermehr wird ein Weib so viel gewinnen alß ein Mann; alle ihre nutzlichste Arbeiten erfordern lauter Außgaben: Spinnet sie / ich muß ihro Flachs / Weber- und Bleicher-Lohn schaffen / wil sie bachen und etwas guts kochen / ich muß ihr Mehl und etwas guts in die Kuchen lieffern: wil sie waschen / wer bezahlt Holtz / Seiff und Wäscherlohn? und also ist es auch mit allen ihren übrigen Geschäfften beschaffen: ich muß ihr auffs eusserst den Besen kauften / wann sie nur ein Stub außkehren will: Jch will mich auff mein altes Liedlein beruffen haben / Schweiget mir vom Frauennemmen etc.

Secundatus.

So hette man ja gar keine Freud in der Welt: und was nützt es / viel gewinnen / wann mans nicht auch gebrauchen wil?

Simplicissimus.

Wir sagen jetzt nicht vom Verthun / sondern wie man reich werden soll: ein solcher nun muß keine andere Freud und Ergetzlichkeit suchen und geniessen / alß die jenige die er hat / wann er täglich ein Par Häller erübrigt und sein Gelt vermehret.

Secundatus.

Ewerem angezognen Lied nach wurde man aber dem Frauenzimmer mehr anhencken müssen / alß einen ein ehelich Eheweib kostet / auß deren wir unsere beste Freund und Erben unserer Gütern erziehen / die uns in unserm Alter trösten / und uns bey der Nachwelt verewigen können.

Simplicissimus.

Man muß der Schlepsäcken müssig gehen: Jm übrigen aber sich mit der Meinung *Horatii* an statt der Kinder (dann man weiß doch nicht wie sie gerahten) trösten / welcher sagt:

> *Omnis enim res, divina humanaque pulchris.*
> *Si vitiis parent, quas qui construxerit ille.*
> *Clarus erit fortis, justus, sapiens, etiam Rex*
> *Et quicquid volet.*

Das ist

All Ding dem Reichthumb ghorsam seynd /
Die man im Himmel und Erden find.
Wer Gelts gnug hat / der wird geehrt /
Ist g'waltig / g'recht / weiß / Königs-werth.
Nur was er wil / wird er geschwind.

Secundatus.

Warumb wil aber der Herr ehender zu einem alten alß jungen Weib gerahten haben?

Simplicissimus.

Die Jugend ist unbesonnen / und hingegen das Alter weiß: Ein jung Ding weiß die gewonnene und bereits vorhandene Reichthumb nicht zusammen zuhalten / geschweige solche zuvermehren / sondern will hingegen prangen / und je herrlicher gehalten seyn / je mehr Güter sie ihrem Mann zugebracht / laßt mans nicht ihrem Sinn nach folgen / und drauff gehen? so henckt sie das Maul wie ein Leid-Hund / und macht einem weit mehr stündtliches Creutz alß tägliche Ergetzung; darff auch wol so heimlich alß öffentlich selbsten zugreifen / und darauß schaffen / was ihre Unbesonnenheit verlanget: hingegen ist ein Alte verständige Matron gantz anders gesinnet / alß welche weiß / was die Batzen gelten / deren sie villeicht albereit nicht wenig zusammen gekratzet / und noch zu erschaben weiß / wie wir dann sehen / daß die alten Weiber weit haußhältischer / zusammenhäbiger und gesparsammer (bey einem Haar were mir das Wort Geitziger / herauß gewischt) seynd / alß andere Leuth: zu dem wil ich auch Niemand zu einem alten Weib gezwungen haben / ihr Capital ertrage dann so viel *interesse* / daß man ein Aug zuthun / und sich bis zu ihrem seligen Hintrit mit ihr gedulden könne: so rahte ich auch rund zu keiner / die mit vilen Kindern beladen sey / er were dann ihrer ehesten Himmlung versichert / oder daß er sie ohne Costen in Krieg oder in Clöster verschaffen könne; Wil aber einer je überein Kinder erziehen / die sich heut oder morgen seines hinderlassenen Guts erfrewen / der trage Patientz / bis die alte den Weg aller Welt gegangen / vertausche alßdann den alten Kessel umb einen newen / und sey gewertig / eintweder deß Jüdischen Moysis / oder deß heidnischen Acteons Ebenbild zuwerden: Gleichwie wir aber zusammengebrachter / und den Erben hinderlassener Reichtumb wegen Sprichwortsweis pflegen zusagen / O selige Kinder / deren Vätter in der Höll sitzen! Also hat sich auch einer / dem ein altes reiches Weib zu rechter Zeit stirbt / einer solchen Glückseligkeit nicht wenig zuerfrewen.

Secundatus.)

Genug hiervon / wir haben auch jung Frauenzimmer bey uns / welches uns sonst ebenmessig den Fiesel schneiden möchte; *Monsieur Collybij* die Red ist an euch.

90. *Collybius.*

Gewiß ist es / wann zwey arme junge Menschen zusammen in die Ehe tretten / daß ihnen solche ihre Armut die gantze Zeit ihres wehrenden Ehestands weh thut: vornehmlich wann sie gleich anfangs mit vielen Kindern beladen werden / und keine Freunde vorhanden / die ihnen mit Hilff / Rath und That zu einer oder anderer Auffkunfft und Befürderung under die Arm greiffen; bin derowegen gäntzlich Herrn *Simplici* Meynung: doch mit dem geding und vorbehalt / daß ein Armer: doch wol qualificirter Jüngling auch eine junge reiche (wann er anders eine bekommen kan) heurathen möge / So fern er so viel Gedult bey sich weiß / ihre Herrschafft zu übertragen; Er muß auff solchen Fall gedencken / als wann er an statt solcher Gedult mit bitterer Arbeit erst ihr zugebrachtes erarnete / warzu man nicht allzeit Gelegenheit hat / wann man gleich gern etwas saurlich erarbeiten wolte.

91. Knan.

Jhr Herren sagt wol viel wie man sich im Heurathen verhalten soll / aber nunmehr erst auff solche Anschläg zugedencken bin ich vor mein theil viel zu früh aufgestanden / oder hab zu spaht nachgedacht / was mir dißfahls zuthun gewesen were: und ich glaub / daß meinen Herren Sohn auch der Schuh daselbst trucken möchte / weil er so gar nichts mehr vom Weiber nemmen wissen wil: Aber wiederumb auff unser *prosecution* zukommen / so sage ich / ihr Herren solt die Kleider nicht mehr wie bisher mit guldenen und silbernen Pusilenien verprenniren / wie ihr bisher gethan habt; worfür ist solch Narrenwerck? Man gibt so ein Hauffen Gelt darvor auß / daß es ein Schand ist: wil einer ja ein bundtes Kleid haben / so lasse ers ihm kuttiniren / wie unsere nechste Nachbarn auff dem Schwartzwald / da nimt der Schneider / wann er in seines Kunden-Hauß gehet / ein Geschirrle voll schwartz Schmer / samt seinem Bürstgen mit / seinen Taglohn zahlt man ihm besonder / und gibt ihm von jeder Ehlen Zwilch so viel man zum Kleid braucht / einen Pfenning zu kuttiniren / das stehet ja so feyn und ehrbarlich / daß man wol einen geringen liederlichen Schlingel in einem solchen newen Kleid vor den Vogt selbst ansehen möchte / und kostet endlich nicht halber so viel / alß wann es über und über mit lauter Gold verkuttinirt were.

(*Secundatus.*

Alter Vatter das were ein trefflicher Vorschlag Gelt zusparen / und wann es müglich were / diese Mode bey der Welt beliebt zu-machen / so wolte ich mich befleissen solches ins Werck helffen zusetzen: darumb berichtet mich doch ein wenig besser / was kut-tiniren sey.

Knan.

Wann der Herr jemahls einen schönen newen Sack von weissem Zwilch mit einem hüpschen Zeichen verkuttinirt gesehen hat / so hat er auch einen verkuttinirten Mutzen gesehen / und kan ihm schon selbst imagiliren / was kuttiniren sey / wie schön es stehe / und wie wenig es koste? Diese Arbeit ist geschwind geschehen / die der Schneider verrichtet / so bald das Kleid geschnitten / und dauret so lang alß ein Stücken am gantzen Kleid ist.

Secundatus.)

Jch will der Sach weiter nachdencken / wiewol ich schon gefun-den / daß die Dames diese Gattung allbereit nachähnen / in dem sie ihre Vnterröck mit schönen Spitzen verkuttiniren / so ihnen auch theils Manns-Leuth auff ihren leinenen Wetterhosen / nach-machen / aber ihr *Monsieur* Erich was sagt ihr darzu.

92. *Erich.*

Jch halte es allerdings mit diesem guten Altvatter / und setze noch darzu / daß man hinfort alle seidene / guldene und silberne Band (mit welchen sich mancher Phantast so voll hencket alß ein alter Stall voll Spinnwepen / also daß man ihn vor einen Bendel-krämer-Krom / oder wol gar vor den *Creatorem* der Bendeln selbst ansehen möchte) gäntzlich verbannet und abgeschaffet werden sollen.

93. *Laborinus.*

Recht so! und ich finde auch / daß es eine grosse Thorheit seye / Gelt umb Spiegel auszugeben / will einer je wissen wie er sihet / so beschaue er sich ins Wasser / oder gehe zum Barbirer / dem Handwercks halber ein gemeiner Spiegel zuhaben erlaubt sey.

94. Meuder.

Jhr habt wol geredt / dann ich finde doch / daß jetziger Zeit bey weitem nicht mehr so gute Spiegel gemacht werden / alß vor viertzig und fünftzig Jahren / und also wil ich auch / daß man kein Gelt mehr umb Venedische Gläser außgeben soll / alß welche einem so augenblicklich zerbrechen: Wer Wein hat / der kan ihn ja wol auß der Kanden / oder wie ich / auß einem Häffelein trincken / es lauffet einem ja starck genug / man kan nach Belieben kleine oder grosse Züg thun / und siehet nicht gleich jeder Schnauber / ob man viel oder wenig trinckt.

95. *Coryphæa.*

Wer je Stands halber wie ich / gehalten zuseyn vermeint / ein Flor-Hauben / Spitzen / Bendel und dergleichen Galantereyen zutragen / der mag es entweder am Maul erspahren / oder wanns eins von jungen Kerln nicht gekramet bekommen kan / mit einer andern leichten Arbeit *à part* erobern.

96. *Aron.*

Jch rahte abzuschaffen den Vberfluß deß gewöhnlichen Gewürtz-Gebrauchs / so da ist Pfeffer / Ingwer / Negelin / Saffran / Zimmet / Muscatnuß und Blüht: darunter ich auch verstanden haben wil allerley Schleckwerck von Cantirten und andern Zucker / grossen und kleinen Rosinen / Mandeln / Oliven / Capres und dergleichen: man kan ja die Speysen mit Saltz / Coriander / Kümel / Majoran / Timion / Salbey / Meerretig / Knoblauch / Zwibeln und solchen Sachen genugsam schmackhafft machen / die uns nichts / oder wenig kosten / alß welche wir in unsern Gärten erziehen können: an statt der Capern brauche man eyngemachte Cucumern / rote Rahnen / Rettigsamen / Pfrimen-Blüht etc.

97. *Secundatus.*

Hierzu rechne ich allerhand kostbare Rauchwerck / alß Mastix / Weyrauch / beyderley Storax / *asa dulcis* &c. Jtem die auß solchen Sachen gemachte Rauchkertzen und Täffelein / alß welchen todten Rauch die Kindbettherinnen auch nicht leyden können: hingegen mache ihm der Soldat ein Rauch von Taback oder angezündtem Pulver: der Student mit angezündtem altem Papier / und die so eigner Wohnung besitzen / auß Weckholder-Beern / deren Holtz und Stauden.

98. *Alcmaæon.*

So komme dann auch hierzu und sey verworfen allerhand Marzaban / mit Zucker überzogener Coriander / Zimmet / Enis / Mandeln / und in Summa Summarum alles was von dergleichen Schleckerey beydes dem Zuckerbecker und Apotecker under die Hand gehet.

99. *Cidona.*

Potz! Warumb sagt ihr nicht auch vom Citronat und den Pfeffer- oder Leppkuchen / auch anderm Genäsch / damit ihr Männer den Durst zuerwecken: und euch unter einandern den Wein Kübel- mässiger weis einzuschütten und unnutziglich zuverschwenden / zu nöhtigen und anzureitzen pflegt? solcher Dinge Gebrauch wil ich hinfort abgeschafft wissen.

100. *Spes.*

Der Gebrauch deß Gewürtzes sey nicht ehender erlaubt / man wolle dann einem alten Brahten oder sonst Fleisch / das schon vor acht Tagen von der Tafel wieder abgetragen worden / in ein newes klein-zerschnittenes oder gehacktes Beyessen / oder in eine Darte verendern / umb ihme / wann ältelet / den Geruch und Ge- schmackt zuverbessern.

101. *Simplicissimus.*

Also erspahre man auch den Spick-Speck / welchen man nicht ehender brauchen soll / alß einen alten Brahten damit zuspicken / und beym Feur zu beträuffen; dann so muß der Gast ja glauben / er komme erst frisch vom Spieß / gleicht er keinem frischen Brahten im Geschmack / so gleicht er ihm doch im Gesicht.

102. *Collybius.*

Wil und muß man ja Wein trincken / so werde er wol gewässert / dann er ist auff solche weis nicht so hitzig / sondern viel gesünder / löschet den Durst besser / und wann er die Gäst nicht ehender sättiget / so macht er sie doch ehender vom Tisch auffstehen / daran sie sonst sitzen blieben / bis sie alle ihre vernunfft versöffen.

103. Knan.

Man kan sich auß einem kleinen Brünlein satt trincken / so wol alß auß einem grossen / und also kan man sich auch an einer Wassersuppen genugsam erkröpffen: wil man aber auch Leibs-Stärcke haben / so esse man etwan ein weichgesotten Ey / dann ich hab vom Doctor hören sagen / ein Ey gebe dem Menschen so viel Nahrung / und mache so viel gesund Geblüt alß ein Pfund Fleisch.

104. *Erich.*

Man halte Pythagorische Mahlzeiten / *Symposia Platonis, convivia Attica, cœnæ Arcadum* und *prandia Laconum,* dabey alles häußlich und gesparsam hergehet / wie bey den Celten und Thraciern: oder mache es wie die Aegyptische Priester / die sich bisweilen deß Essens drey Tag enthielten; kan mans Fasten so lang nicht erschwingen / so mache mans wie die Magi in Persia / die nichts anders als Mehl oder Brodt und Kräuter assen / oder wie die *Gymnosophistæ* in Jndia / die nur Apfel speyseten. oder man brauche deß *Anacharsis Scytiæ pulpament,* oder Pfäffer mit dem rohen Fleisch *Zenonis;* oder man behelffe sich mit deß *Themelaci* Bohnen / mit *Prothogenis* Wolffsschotten / mit der *Arcadier* Eichlen / mit der *Meo-*

ticorum Hiersen / mit der Tyrinthier Holtzbirn / mit der *Amazonum* Heydexen / mit der Parther Heuschrecken / mit deß *Diogene cinuæ* Rüben / oder wann man ja gern was warms hätte / so lasse man den Pferden zur Ader / und labe sich mit dem Blut wie die Tartarn.

105. Meuder.

Mein man sagt von den Wassersuppen / alß wann sie nichts kosteten / zu denen man doch / wann man eine nur auffs schlechteste kochen und geniessen wil / 26. Stück haben muß / alß 1. Ein Fewerstein. 2. ein Stahel oder Fewer-Eysen. 3. Zundel. 4. Schwefel. 5. Stroh das Fewer mit anzuzünden. 6. Holtz. 7. ein Geschirr Wasser zuholen. 8. ein Haffen solches darinn zusieden. 9. ein Herdt / darauff zukochen. 10. Brodt. / 11. ein Messer / damit einzuschneyden. / 12. ein Schüssel. 13. Saltz. 14. das Saltzfaß. 15. Schmaltz. 16. ein Geschirr solches darinn aufzuhalten. 17. ein Schanck oder Känsterlein / selbiges darinn zuverwahren. 18. ein Schmaltzpfänlein. / 19. Leffel. 20. ein Tisch darauff zuessen. 21. ein Tischduch. 22. die Saltzbüchse. 23. ein Stul / darauff zusitzen. 24. ein Spühlkübel. 25. ein Kuchenlumpen / und potz tausend! Ich hätts schier vergessen / auch einen Besen / das Fewer und die Aesch damit zusammen zufegen; Was er vom Eyeressen daher lallet / wil auch zu köstlich seyn / meiner Meuder Großmeuder hat auff eine Zeit einer andern Frauen ein Kind gehebt / und ihr zum Göttel-Gelt eine stattliche Leghenne (die doch nur auß einem Ey herkommen) verehrt / welche aber gleichwol von der Gevatter Kindbettherin verschmehet / und wieder zuruck geschickt worden; was thet aber meiner Meuder Großmeuder? Sie hub die Eyer von der Henne fleissig zusammen / und alß die Hänne brütig wurde / setzet sie dieselbige / was sie ihr von ihren Eyern nicht underlegte / das verkauffte sie / und hub das Gelt auff / also thet sie auch mit den außgebrüteltenjungen Hünern / und lößte mehr darauß alß einen harten Thaler: umb dasselbig Gelt erhandelte sie ein junges Mutterkalb / das zog sie bis jung und alt beyeinder stuhnd: in solcher Zeit hatte sie das Gelt / so sie in dessen auß Eyern gelößt / in eine Sparbixe zusammen gelegt / und da es Zeit war das Kalb abzustossen / brachte sie Kuh / Kalb / Hänne und die Sparbüxe mit dem Gelt ihrer Jungen Göttel / und verwiese ihrer Gevatterin / mit dem Werck selbsten / wie unweißlich sie die Hänne verworffen / und was vor eine schlechte Hauß-

hälterin sie were: darumb soll man die Eyer so schlechtlich nicht
verschlaudern wie mein Mann vermeint / ein Stück Saltz und Brodt
/ mit ein Par Zwibeln / Knoblich oder Rettichen ist auch noch genug / und wann man kein Gelt auß den Kesen lösen kan / so sey
erlaubt auch ein Stückel zum Brod zuessen / aber nur bisweilen /
dann man sagt der Keß seye ein Brodtfresser.

106. *Laborinus.*

Man befleisse sich kein Gelt umb Fleisch under die Metzig zuschicken / sondern wer dessen essen wil / der mag ihm selbsten so
viel ins Hauß ziehen / metzgen / einsaltzen / und dörren.

107. *Coryphæa.*

Man soll durchauß keine Gäst zu sich laden umb keinerley Ursachen willen / vielweniger selbst-kommende Schmarotzer gedulden.

108. *Aron.*

Wann sich je Gäste bey dir eynfinden / so werff dich ihrentwegen
in keinen Kosten / sondern tractiere sie mit deinen gewöhnlichen
alltäglichen Speysen / oder auch wol schlechter: dann du möchtest
ihnen sonst so gut kochen / und sie verleckern / daß sie öffter ke-
men / und daß du deßwegen bey ihm entschuldiget seyest / so
lasse dir diesen alten Reimen an die Wand schreiben oder mahlen
mit gar grossen Buchstaben.

> Komt dir zu Hauß ein Freund oder Gast /
> So setz ihm nur vor was du hast /
> Jst er dein Freund und wol gemuht /
> Er nimt mit Keß und Brodt vorgut:
> Jst aber er ein Rülp geborn /
> Jst Keß und Brodt an ihm verlohrn.

109. *Secundatus.*

Wann die Großmuter nicht so eine artliche Geschicht hette vorgebracht / so hette sie wahrhaftig ein Täpgen halten müssen / da-

rumb daß sie vor *Laborino* geredt: sintemal ihre Histori aber so schicklich vorgebracht / und von jedem mit gutem *contento* angehöret und aufgenommen worden / so wil ich einem jeden auß den Beysitzern und Beysitzerinnen Amptswegen auferlegt haben / daß er eine Histori anzehlen soll / was massen eine und andere Person in der jenigen *profession*, in deren er vermeinet / daß man am besten darinn prosperiren könte reich werden; und demnach ich dem Krieg zugestimt / so wil ich auch den Anfang mit eines Kriegers Exempel machen / und euch den tapffern / zu seiner Zeit beynahe unvergleichlichen und in gantz Europa hochberümbten Johann von Werdt vorstellen.

Alß *Secundatus* ferner in seiner Erzehlung fortfahren wolte / hörten wir einen Alarm bey deß *Simplicissimi* Vieh / so ohngefer in 20 Rindern / eben so viel Geissen / etlichen Schaaffen und einem Pferd bestuhnd / und ohngefehr einen Büchsenschutz vom Hoff auff der Weid gieng: dann dessen Hunde bollen / und den Hirten hörten wir anstatt deß Hirten-Gesangs ein ander ungewönliches Geschrey führen. Vermeinten derowegen / es were etwan ein Wolff eingefallen etwas hinzuzwacken / welches dann *Secundatum* in seinem *discurs* zerstörte / und den alten Knan verursachte auffzustehen / umb zusehen was da zuthun were; Er war aber kaum eines Steinwurffs weit von uns hinweg / alß wir einen Hauffen Lumpengesindel auß dem Bosch / darinn der Hirt das Vieh weidete / kommen sahen / welches wir alsobald vor Zigiener hielten / sich auch nicht betrogen fanden: diese giengen so richtig auf *Simplicissimi* Behausung zu / alß wann sie ihnen vom Lands-Fürsten selbst zum Quartier *assignirt* worden were: Derowegen schrie die gute alte Meuder / O weh meiner Hüner und Gänß! O GOtt sey meinen Endten gnädig: und damit auff und darvon / alß wann sie der Todt selbst oder sonst etwas schreckliche ins Hauß gejagt hette; da lockte sie ihrem Geflügel zusammen / die übrige Gesellschafft aber bis auff den Juden (der lieber den Zigienern etwas abgeschachert) wurde vom Vorwitz getrieben auch aufzustehen / umb diese erbare Bursch: und dann was es zwischen ihnen und dem alten Knan mit der Meuder beim Willkom vor einen Spaß setzen würde / zusehen; der alte Knan begegnet ihnen zum allerersten / und fragte / woher sie S. Velten über die hohen Wälder führe? Ob sie sonst keine gänge Strassen vor sich gehabt? mit dem Anhang / sie solten ihne / sein Hauß und Vieh ferner ohn *perturbirt* lassen / und keine weitere Ungelegenheit machen / oder er wolte bald Leuth haben / die ihnen den rechten Weg weisen wurden: Jndessen verriglete die Meuder das Hauß hinden und vornen / auß welchem sie auch zum Fenster hinauß ihre Karten mit underwarff / ihrem Knan mit dem Maul beystuhnde / und die arme Zigeuner in dieser und jenen Namen zwar nicht willkommen seyn: sonder sich alsobald weiters trollen hiesse; hingegen gaben jene die allerbesten Wort / also daß man nichts hörte / alß schöne weisse Mutter / frommer lieber Vatter / und dergleichen.

Demnach sich aber *Monsigneur Secundatus* (dem die übrige Gesellschafft wie einem Printzen nachtratte) auch herzu genähert /
fragte er die Zigeuner *Compagnie,* was sie vor *Officiers* bey sich hätten? Jtem warumb sie sich so unversehenlich durch Abweg und
über die hohen Waldungen daher zunähern understanden? Darauff
wolte sich keiner vor ein *Officier* außgeben / sondern erzeigten
samtlich mehr alß eine Hunds-Demuht / mit entschuldigung / daß
sie ohnversehens auff Holtzweg gerahten / und also in dem Gebürg
und grossen Wald verirret weren: aber die Meuder donnerte zum
Fenster herauß / der Herr glaube es nur nicht / das Diebsgesind
weiß / wann wir Baursleuth auff den einzelen Höffen an der Arbeit
im Feld: und also hingegen unsere Häuser von Leuthen lär seyn so
schleichen sie dann wie die Füchs durch die Bösche herzu und
mausen uns Kisten und Kästen auß: also daß mancher ehrlicher
Haußhalter / wann er aller abgemattet von seiner Arbeit nach Hauß
komt / sich durch sie zum armen Mann gemacht zuseyn befindet;
hörst du ehrbares Diebsgesindel / wie dir diese alte Mutter wahr-
sagen kan? sagte *Secundatus;* wird nur eine Feder / geschweige eine
Hänn oder Ganß ewerwegen auff disem Hoff gemisset / so wil ich
euch alle sammen prüglen lassen wie die Hund!

Da *Secundat* so trohete / sagte eine alte Zigeunerin / welche auf
einem Maulesel daher ritte / ha mein Sohn sey nicht so böß / wir
seynd nicht Stehlens halber herkommen / sondern dich und deinen
Vatter auff diesem Hoff zubesuchen / denn ich schon wol in tausend Jahren nicht mehr gesehen: auß dieser Red konte *Secundat*
leicht erachten / daß diß die *Courage* war / alß deren Lebenslauff er
gelesen / muhtmassende nicht unrecht / daß sie ihn vor den jungen
Simplicium hielte; sagte derowegen zu ihr / ich mercke beyläuffig /
du seyest die alte *Courage,* du wirst zwar wol kommen / wie der
Hagel in die Stuplen / aber gleichwol schier dich herunder / damit
wir hören mögen was du guts newes anzubringen hast: hingegen
aber befehl deinen Leuthen / daß sie solche *ordre* halten / damit ich
nicht Ursach kriege ins Werck zusetzen / was ich euch erst ange-
kündet; zum *Simplicissimo* aber sagte er im Schertz / Herr Vatter /
wann er so bald an dieser ein Weib bekomt alß ich eine Mutter / so
werden wir eine Hochzeit anzustellen haben: O nein / antwortet
Simplex, ich weiß noch einen der mir vorgehet.

Secundat gedachte diesen Tag sich lustig zumachen / weil er sich erfrewte / diese zwo beruffene Personen beisammen zusehen / so er vor längst gewünscht / und weil er auß ihren Lebensbeschreibungen abgenommen / daß sie einandern grämisch seyn müßten / hoffete er einen desto grössern Spaß darvon zuhaben / wann er nemlich sich stellte / alß wolte er sie alles Ernsts wieder mit einandern vereinbaren: derowegen logirte er der *Courage* Gesindel mit ihren Pferden in einem umbzeuntes Stück Feld / und versprach dem Knan / ihme vor Holtz und Wäyd seinen Willen zumachen / uns samtlichen aber befahl er / daß ein jeder wiederumb seine vorige Stell under der Linden einnemmen solte / allwohin die *Courage* auch mitgehen / und in den Ring zwischen mich und *Laborinum* sitzen müßte: *Simplicissimus* aber sagte / ihr rechtschaffene ehrliche Leuth / ich sehe / daß sich die Schellen-Hur eingefunden hat / darumb wil ich hingehen / und das Understübgen von selbiger Farb auch holen / damit die Karte gantz sey / stuhnd demnach auff / gieng hin / und holete den steltzenden Spring ins Feld daher / welchen er neben *Laborinum* der *Courage* an die Seite setzte / sagende: Siehe wie fein schickt sichs du freundliches holdseliges Liebes-Par! hast du einandern in der blühenden Jugend jemahlen von Hertzen geliebet / so wirst du im reiffen Alter einandern ohn Zweiffel nicht hassen / sondern dich erfrewen dermahln eins wiederumb so nahe beisammen zuseyn.

Ein jedes auß uns bis auff den Juden und die *Courage* selbst konten auß Springinsfeldts Lebensbeschreibung (welche aber diese beyde weder gesehen noch gelesen) leicht wissen wer dieser Steltzer war / hatten derowegen eine sonderbare Anzeigung / daß wir deren Personen Gegenwart / darumb damahls meniglich wie von dem Eulenspiegel zulesen und zusagen hatte / beisammen sehen solten; *Monsigneur Secundatus* sagte selbst / er wolte kein Dutzet Ducaten vor denselbigen Tag genommen haben: Wer / sagte die *Courage* zum *Simplicissimo*, du alter Moßbart / was bedeutets / daß du so eine alte Frau mit einem solchen krummen alten Kracher foppest? *Simp.* antwortet der *Courage*, welche nicht vermeinte / daß man sie kennte / und selbst *Simplicissimum* nicht kandte / was hatte es ehermalen zubedeuten gehabt / da *Courage* sich deß Springinsfeld annam? Dergleichen Stichreden setzte es noch underschiedliche zwischen diesen zweyen / welche beydes umb der Sach Artlichkeit wegen / und daß sie beiderseits kurtz und sinnreich fielen / sehr annehmlich und lustig zuhören waren: bis endlich *Courage* so wol den Springinsfeld / alß *Simplicium* erkandte / zumahlen auch ohnschwer ermaß / daß *Secundatus* der junge *Simplicius* nicht ware / warauff sie den Schertz gern in einen Ernst verwandelt / wann sie sich ihrer Thorheit nicht geschemt hette / daß sie nemblich ihren Lebenslauff an Tag geben / und sich selbs so wol alß jene beyde dardurch geschändet / und aller Ansprach / die sie eines Heurahts-Versprechung halber an *Simpl.* zuhaben vermeinte / unbequem gemacht hätte.

Damit auch keine empfindtlichere Reden mehr zwischen ihnen fallen solten / gebott *Secundatus,* der / wie oben gemeldt / sich eines gebietenden Gewalts annahm / ein allgemeines Stillschweigen / kam wieder auff seinen Johann von Werdt / und sagte: Dieser war ein Bauren-Sohn in den Gülchischen Landen / und bey seinem Herren / nachgehnds seinem Schwehervatter / einem von Frensheim / in Diensten; da er der Pferden wartet / und sonst allerhand Bossel-Arbeit verrichtete: Einsmahls schickt ihn derselbig nach Cölln schöne Gläser von dar abzuholen / auff dem zuruck-Weg begegneten ihm zween Welsche / die ihn mit Gewalt berauben wolten / er batte / sich nur zugedulden / bis er seine Gläser abgelegt hätte / damit sie nicht zerbrochen wurden / alßdann möchten sie gleichwol mit ihm machen was sie wolten / und ihn zubesuchen / ob er gleich versichern könte / daß er kein Gelt bey sich hätte; Da solches geschahe / wüschte er mit seinem starcken Steur-Stab über sie hin und schlug sie in solcher Gegenwehr beyde todt; er bekam also von denen / die ihn plündern wolten / ein gute Beuth / und brachte seine Gläser glücklich nach Hauß; solche auff seiner Seite wol vollendete Abentheur verursacheten bey ihm allerhand lüsterende und anreitzende Gedancken / und endlich diesen Schluß: Es seye nur daran gelegen / daß man das Hertz habe dergleichen Sachen *resolut* zu understehen / so were wol was zuerschnappen: wie er dann angefangen heimlich anzupacken was ihm anstuhnde / solches auch so lang triebe / bis er eines Tags zween Kauffherren Plünderte / welche die folgende Nacht alß gute bekandte Freund von seinem Herren beherbergst und ehrlich tractirt wurden; diese erzehlten dem von Frensheim was ihnen begegnet wäre / und alß sie den Johann von Werdt sahen auffwarten / sagten sie / wann dieser nur ein Aug hätte / so wolten wir schweren / daß er der Thäter wäre; alß sie sich aber den folgenden Tag wieder auff ihre Reiß begeben / und *Iean de* Werdt von seinem Herren under die Sporen genommen und examinirt: von ihme auch alles gestanden worden / zumahlen der von Frensheim seinen Knecht auff diese Nascherey allbereit so hart verleckert zu seyn gefunden / daß er sich leicht einbilden konte / er wurde nicht mehr darvon lassen und endlich die sach in die länge kein gut thun: Siehe / so hat er ihn lauffen lassen: darauff er erstlich ein Soldat under den Spannischen in den Niederlanden worden / und alß ihm derselbe Krieg zu langweilig war / unter die Keyserischen kommen: bey denen er in bälde zu allen Kriegsämptern bis zum Rittmeister befürdert / und durch seine wunderbare Geschwindigkeit den Feinden so erschröcklich und überall so berühmt wurde / daß viel von ihm sagten / es were auß deß tapffern Gravens von Pappenheim Asche / die vor Lützen blieben / wiederumb ein junger Phoenix hervor kommen: forthin nahm er zu an Befürderung / Glück / Gewalt und Reichthumb / bis er endlich zu einer Generals-Person / zu einem Freyherren / und zu letzt einer gräfflichen Fräulein Gemahl wurde; Warmit ich dann erwiesen haben wil / daß im Krieg mit grossen Ehren grosse Reichtumb zugewinnen seye: Herr *Hospes* nun ists an Euch.

110. *Alcmæon.*

Daß anfänglich und vor allen Dingen nach dem Reich Gottes getrachtet / das ist / der Tugend-Weg gegangen werden soll / und hernach auff solches alles übrige von sich selbsten zufalle / versichert nicht allein der ewige Mund der Wahrheit / sondern es bezeuget auch die tägliche Erfahrung: Die Histori zu meinem Beweißthumb sey diese; *Cræsus* der Lydier König schickte einsmals / da er noch von *Cyro* ohnüberwunden / und in seinem allerbesten Wolstand war / seine Gesandten nach *Delphos, Apollinem* umb Raht zufragen / welche underwegs *Alcmæon* zu Athen / von dem ich jetztmahls den Namen trage / freundlich zur Herberg auffnahm / und sie nicht allein mit Essen und Trincken herrlich / sondern auch mit aller dienstfertigen Höfflichkeit ehrlich tractirte / ja sich dergestalt gegen ihnen erzeigte / daß die Gesandte zu ihrer Heimkunfft solches ihrem König beynahe nicht genug rühmen könten: derselbe ließe nachmahls dem *Alcmæonem* zu sich nach Hoff kommen / und erlaubt ihm zu Bezeugung seiner Danckbarkeit zum *recompens* so viel Gelt auß seiner Schatzkammer zunemmen alß er tragen könte: massen er darauff hin seine weite Kleider / seine Strümpff / Schuh / ja auch die Haar und den Mund dergestalt mit Gold anfüllete / das *Crœsus*, da er so wol beladen vor ihn kam / und mehr einem Wunderthier alß einem Menschen gleich sahe / seinen lachete / und ihme nicht allein den auffgenommenen Last / sondern noch mehr darzu verehrte: hat also dieser *Alcmæon*, der ein frommer aufrichtiger Mann / und deß *Megadis* Sohn gewesen / durch seine Tugenden solche Reichtumb erlanget / welche ihme schwerlich auff einem andern Weg hätten zufallen mögen.

111. *Cidona*.

Jch lobe die Tugend / und preise die Gast-freygebigkeit: weiß auch beynahe kein Handthierung die jetziger Zeit ehender bereiche-re / und par Gelt eintrage / alß ein rechtschaffne wolbestellte Würthschafft / die aber auch wol gelegen sey; Dannenhero siehet man / daß in den Stätten die Gastgeber wolhäbig / und in den Flecken und Dörffern die Würth under den Eynwohnern die reichs-ten seynd: weil aber nicht eytel königliche Gesandte einkehren / derenwillen man gehling / wie dem *Alcmæon* wiederfahren / reich wird / und keinem ein gebratene Daube ins Maul fliegt / so hab ich gesagt / die Händ müssen mitangelegt seyn / das ist / man muß Fleiß / Mühe / Sorg / Arbeit und eine grosse Vorsichtigkeit ge-brauchen / den Armen wie den Reichen auffnehmen / und beyde nach ihrem Stand und Vermögen tractiren / und zwar mit so be-schaffener Freundlichkeit / daß man von beyden Theilen keinen Schimpff noch Schaden: sondern vielmehr Nutzen darvon zugewar-ten habe: Wie ichs vermein / soll diese Histori erläutern; Es ist be-kandt / daß noch bey Menschen-gedencken nicht überall in den mitnächtigen / sonderlich in den Cimbrischen Landen offene Her-bergen / und Würthshäuser bestellt gewesen / deren Jnhaber nur die Frembde und Reisende auffzunemmen gewohnt gewesen / sondern ein jeder herbergt solche Ankömling freundlich / und trac-tirt sie entweder umb eine Verehrung / oder gar umbsonst / oder gab ihm umbs Gelt was er begehrte; Alß aber einem von den Letzt-abgelebten Nordischen Königen vorgebracht ward / daß diese lobliche Gewohnheit und weiland seinen Unterthanen gleichsam angeborne teutsche Tugend der Gastfreundlichkeit nicht mehr observirt wurde / wolte er die Wahrheit selbs erfahren / und verkleidet sich in Gestalt eines Betlers / kam darauff gantz allein in einen lustigen Flecken / warinn er gegen Abend unterschiedliche reiche Bauren vergeblich umb Herberg batte; endlich geriehte er vor ein Hauß / darinn der Baur selbigen Tag etliche Schwein gestochen: viel Würst gemacht / und selbige eben über dem Fewer hatte / worbey dann selbige Landsleuth ein sonderbares Gefest / laut deß Wurstologi / und etwann auch einen Spielmann zuhalten pflegen / der ihnen / bis die Würste gar seynd / und der Jmbis vorhanden / zu Tantz auffmacht / allermassen dieser Baur damahls auch thät / und mit dem König selbsten (den er vor einen auß den Prachters hielt / dann also nennen sie die Bettler) tapffer umb die Würst tantzete / gleichsam alß solte er deren auch mit Freuden theilhafftig werden: aber alß der Tantz zum besten war / und man nunmehr die Würst anatomiren solte / tantzte er mit dem König zum Hauß hinauß / und schlug ihm / nachdem er sich wieder zuruck begeben / die Thür vor der Nasen zu: dem König war der Schimpff umb so viel destomehr empfindtlicher / weilen es in dessen stichfinster worden / und mit Regen und Schnee / wie es nach Herbstzeit zuthun pfleget / gewaltig herunder warff: Er bemühete sich vor underschiedlichen Häusern Herberg zuerlangen / aber alles umsonst / wie erbärmlich er auch darum flehete / bis er endlich vor deß Schweinhirten Häußlein kam / der ihn freundlich auffnahm / jedoch mit dem Geding / daß er sich auff dem Stroh behelffen müßte / weil kein besser Läger in seiner Hütten vorhanden: Der König ließ es ihm gefallen / und weil er gantz naß / und vor Kälte halber erstattet war / zog er seine Lumpen auß solche zutröcknen / und sich selbst desto besser in der warmen Stuben zuerwärmen; Die Schweinhirtin / alß sie beydes die zarte Haut an deß Königs Händen und im Angesicht / alß auch ein reines mit Spitzen besetztes Hembd beauget / sagte heimlich zu ihrem Mann: Dat iß warhachtig unse leve Heergott / und der Mann so dieses gern glaubte / befahl seinem Weib / daß sie ihre eintzige junge Hänne abthun / und diesem Gast brahten solte / das geschahe gutwillig: Underdessen nun das Weib zurichtete / discurirte der König mit dem Schweinhirten / und beklagte gegen ihm / daß so wolhäbige Leuth deß reichen Fleckens gegen den Armen so unfreundlich weren / sintemahl sie bey so ellendem Wetter ihn nicht beherbergen wollen: Der Schweinhirt hingegen entschuldigte sich / daß er nichts darvor könte / mit dem Anhang / er were selbst ein frembder / und diß Jahr der Dorffleuthen gemeiner Diener gewesen / in dem er ihnen der Schwein gehütet / weßwegen er dann auch diß Häußgen zubewohnen hätte: Alß nun der König mit gutem Appetit geessen / und wol außgeschlaffen / sich auch nunmehr wieder in die alte Lumpen angekleidet hatte / und den Morgen frühe seines Wegs gieng / schenckte er zuvor der Schweinhirtin vor die Herberg und Essen eine grosse Handvoll Ducaten / und versprach / wann er wieder kommen wurde / so wolte er auch deß Manns und der Kindern gedencken: Hebe ich di nich vor gesegt / sagte das Weib nach deß Königs Abscheid zum Schweinhirten / dat diß unse Heergott waß? Aber nach etlichen Tagen kam der König mit seiner gantzen Hoffstatt wiederumb in denselbigen Flecken / welcher ihne zu beherbergen damahls nicht groß genug war: Er selbsten kehrte wider mit seiner Person bey dem Schweinhirten eyn; straffte die / so ihme ein Nachtläger abgeschlagen / nach eines jeden Vermögen und Beschaffenheit umb groß Gelt; seinem Täntzer aber liesse er die Füß bey den Knyen abnemmen / damit er forthin keines bedörfftigen Armen mehr mit Tantzen spotten könte / und jagte ihn sambt Weib und Kind selbsten in den Bettel / dessen hinderlassenes Hauß / samt zugehörigen Güttern er seinem gutwilligen Würth dem Schweinhirten und seinen Erben eigenthumlich übergabe.

112. *Spes.*

Daß Tugend und Frombkeit Reichthumb genug seyen / wil ich mit meiner Histori beweisen / die ich in einem Gottseligen Buch gelesen hab / und jetzt erzehlen wil; Alß die Statt Constantinopel noch von Christlichen Keysern beherrschet / und von lauter Christen bewohnet wurde / liesse ein so reicher / alß frommer Wittwer daselbsten seinem eintzigen / nach seinem Gottseligen Sinn wolerzogenen Sohn zu sich vor das Todtbeth kommen / sagende: Mein Sohn / wann du einwilligen wolltest / so wolte ich ein Testament machen / darinn ich dich alß ein getrewer Vatter zuversorgen bedacht bin: der Hoffnung / gleich wie du mir alle deine Lebzeit gehorsam gewesen bist / also werdest du auch solchem meinem letzten Willen nicht wiedersprechen / ob dich gleich beduncken möchte / ich handelte mit der Vermächtnuß meiner Verlassenschaft wider die H. Schrifft / die da außtrucklich befihlt / wer eines Vatters Erb seyn solle? oder wider die weltlichen Gesetze und Gewohnheit / oder auch wol gar wider die natürliche Vatter-Lieb und Treu! Der tugentliche gehorsamme Sohn antwortet / hertzliebster Herr Vatter / ewer zeitliches Vermögen ist ewer: ich / ewer unwürdiger Sohn bin auch ewer: und wolle mich mein GOtt behüten / daß ich mich demjenigen nicht wiedersetze / was ihme wegen deß einen und andern / wegen seines Sohns und wegen seines hinderlassenen Guts zuverordnen beliebt; alß der ich mich versichert halte / daß mein hertzgeliebter und hochgeehrter Herr Vatter nichts anders thun und handlen wird / alß was er weiß / daß es Gott angenehm und gefällig / mir aber an Leib und Seel nutzlich sey: Der Vatter erfrewte sich über seines Sohns Antwort / und sagte / GOtt segne dich mein Sohn! Jch verordne dir zu einem Pfleger und Vormünder Christum unsern Heyland / demselben befleisse dich zudienen / und ihn mit einem tugentlichen Leben zuverehren / ich hab vor dich gebetten / und werde auch noch nicht auffhören ihn vor dich zubitten / daß er dich nach seinem allergnädigsten Willen regieren / leiten und führen wolle / du darffst auch an seinem Schutz und Schirm / an seiner Hülff und Gnad / und an seiner Vorsorg und götlichen Segen gar nicht zweifflen / so lang du auff dem Weg der Tugend und Gottseligkeit verharren wirst: vors erste! Zum andern were mein Will / so fern du mir darein consentirest / daß mein

Verlassenschafft gleich under die Armen außgetheilet werde: zwar nicht allein darumb / dieweil die Werck der Barmhertzigkeit GOtt gefallen / und wir dardurch üben was an sich selbst ein Göttliche Eigenschafft ist / sondern damit ich desto frölicher von hinnen scheiden möge / wann ich dich nicht mit so vielen Güttern beladen zuseyn hinderlasse / alß welche deine Jugent villeicht ins Verderben bringen möchten; Der Sohn bedanckte sich mit weinenden Augen umb die getrewe vätterliche Liebe und Vorsorg: theilet alsobald seines Vatters Gütter under die Bedürfftigen / und wurde nach seines Vatters Hintritt selbst so bedürftig / daß er von den edlen Jünglingen der Statt / die ehemahlen seine beste Cammerrahten gewesen / verlassen und verachtet wurde / welches er aber mit Gedult übertruge / seinem Vormünder desto fleissiger dienete / und auff seine Hülff und Versorgung hoffete; Eben damahls hatte Myrologus umb seine einige Tochter / die schönste Lympidam gleich so viel Freyer / alß etwann die keusche Penelope in Abwesenheit ihres Manns gehabt: dann er war eines grossen Ansehens / darneben reich / aufrichtig / fromm / von jedermann geliebt / und bey dem Keyser in grossen Gnaden / also daß er die Wahl hätte / einen Tochtermann auß den edelsten Jünglingen in Constantinopel zuerkiesen; warüber er dann offt mit seiner Gemahlin / der tugentreichen Hapsa zu Raht gieng / in dem beyde das reiffe Alter ihrer Tochter considerirten / und sich auch gern durch sie bey der Posterität verewigt zu sehen wünscheten / damit ihr grosses Gut nicht an frembde Erben gelange / ob sich gleich die Tochter lieber in ein Closter begeben wolte; Einsmahls conferirten diese beyde Eheleuth hiervon auff ihrem Beth / weil sie eben dieses Anliegens wegen die gantze Nacht hindurch nicht schlaffen konten / und batten GOtt / daß er ihre Tochter mit einem fromen Ehegemahl versorgen wolte: machten auch nach gethanem Gebett diesen Schluß und theten diß Gelübt (doch mit dieser Protestation / daß sie GOtt nicht versuchen / sondern auff seine göttliche Providentz sich verlassend / ihr Versprechen halten wolten / umb dardurch sich der Freyer zubefreyen / und allem Unglück / das auß so vieler Mitbuhler Eyffersucht entstehen möchte vorzukommen) daß sie / wann sie morgen ihre tägliche Gewohnheit nach mit ihrer Tochter die Früh-Meß besuchten / dem jenigen Jüngling / auß denen die ihnen an ihrem Herkommen gleich weren / und neben ihnen vor allen andern am ehisten zur Kirchen käme / ihre Tochter vermählen wolten: So bald nun die liebe Sonne durch ihre Stralen den Lufft nur ein wenig am Morgen frühe erleuchtet / also daß man darauß abnehmen könte / daß sie sich selbsten im Aufgang am Firmament bald sehen lassen wurde / näherten sich Vatter / Mutter und Tochter der Kirchen / vor deren Thür sie den edlen und frommen Jüngling *Proximum* deß verstorbenen *Modesti* Sohn / der alle seine Verlassenschafft den Armen vermacht / stehen sehen / zuharren / biß der Kirchenwärter solche öffnet / umb sein Gebett und Andacht / eh die Kirch so gar vom Volck erfüllet wurde / desto besser und eynbrünstiger zuverrichten: weder *Myrologus* noch *Hapsa* oder *Lympida* kandten ihn / sahen aber wol an der Kleydung / daß er einer vom Adel war; dann *Proximus* trug sich / obwol nicht von kostbarem Stoff / jedoch der Mode nach wie es damahls bey den edlen Jünglingen ihr Stand und Herkommen erfordert: seine *Physiognomia* gefiele beyden Eheleuten im ersten Anblick / darumb eröffneten sie ihme auch desto ehender / daß er vom Himmel ihrer Tochter zum Ehegemahl beschert were / welches Glück er auch nicht ausschlug / sondern sich so gleich auff der Eltern Begehren und Zumuhten mit deren Tochter verlobte; Jch mag und kan eben nicht alle Umbständ dieser Histori weitläuffiger erzehlen / sondern schliesse hierauß / daß Gott die Tugend und Frombkeit nicht allein liebe / sondern auch zu meiner Zeit auff dieser Welt mit Reichthumb bekröne / ohne daß er solche auch ewiglich belohnet.

113. *Simplicissimus.*

Die Jungfer hat auch nicht Ursach / diese Geschicht weitläuffiger zu erzehlen / dann man ihre Meinung / und was sie villeicht hoffet / genugsam auß dem / was sie gesagt / verstanden: Jch habe diese schöne Histori erst neulich zu meiner Zeitvertreibung mit allen ihren Umbständen zu Papier gebracht / und werde sie villeicht der gantzen Welt durch den Edlen Truck gemein machen; Es ist aber so ein seltenes Exempel / das wenig Folg hat; zumahlen man siehet / daß GOtt die Seinige / die er hertzlich liebet / ehender umb ihres Besten willen mit Armuht belegt / alß mit Reichthumben überschwämmet: Wie dann Christus selbs auff dieser Erden uns zum Beyspiel gedienet / und so arm zuseyn beliebet / daß er nicht so viel eigens hatte / sein allerheiligstes Haubt dahin zulegen / und haben seine Jünger auß Hunger Kornähren außgeraufft / und geessen: Hingegen sehen wir / daß die Gottlose so kein Gewissen noch Achtung auff Ehr / und Tugend haben (ausser was sie vor der Welt nohtwendig müssen scheinen lassen) gemeinlich glücklich seynd / grosse zeitliche Reichthumb beydes zu prosperiren und zubesitzen: Wessentwegen dann von den meisten Theologis geschlossen wird / GOtt vergelte ihnen darmit ihre gute Werck / die sie etwann umb GOttes willen verrichtet / weil sie deß Himmels so hoch nicht / alß irrdische Güter verlangen / und also desselbigen nicht werth seyen. Jener fromme Jüngling zu Constantinopel dienete nicht GOtt deßwegen / daß er ihm anstatt seiner vätterlichen Reichtumb andere geben solte: GOtt aber ersetzte seinem Diener doppelt / was er umb seinetwillen den Armen so freygebig zukommen lassen; Meines Darvorhaltens thut der sehr thorecht / welcher GOtt darzu eintzig umb Verleyhung zeitlicher Güter bittet / und gleichsam alle seine Gebetter und Andacht dahin richtet: Dann GOtt gibt sie wem er wil / und dem jenigen entzeucht er sie / von denen er weiß / daß sie ihnen nicht nutzlich seyn; Jedermann weiß auß uns / daß man nicht GOtt und dem Mammon zugleich dienen kan: wil aber einer übereyn und mit Gewalt reich werden / so fällt er in die Strick des Teufels / alß dessen Knecht er zuseyn begehrt / und alßdann verhengt GOtt / daß ein solcher Geitzhalß / wonicht gar einen guldenen Wagen? doch wenigst ein Rad darvon bekomme / damit aber demnach seine Begierden nicht ersättiget werden (massen ich im letzten Theil meiner Lebensbeschreibung an einem Engelländischen *Avaro* ein Exempel vorgestellt) bis er endlich darüber stirbt / und besorglich auch an der vorlängst verstorbenen Seelen verdirbt; Mein erster Satz war / welchem Ernst sey reich zuwerden / der müsse das Gewissen nicht genaw beobachten: solches sage ich noch / sprich aber mit nichten / daß es recht und billich: viel weniger daß es GOtt angenehm sey; dieweil dann nun der Kriegsgewalt sich nicht an die Gerechtigkeit binden läßt / so weit / daß man ungestrafft rauben: und sich zueignen mag / was man offentlich vom Feind und auch so *taliter qualiter* heimlich vom Freund ablangen und erschnappen kan; so wil ich solche Geitzhälse / die mit aller Gewalt (es sey gleich *per fas aut nefas*) reich zuwerden / bey sich selbst beschlossen / mit *Monsigneur Secundato* auch in den Krieg gewiesen haben: seynd sie daselbsten nicht so glücklich ihren Geltdurst mit Erorberungen deß einen und andern zulöschen? so kan ihnen doch wiederfahren / daß sie desto ehender ihrer Marter abkommen; Jch wolte sagen /

daß sie ihrer unerträglichen und hitzigen Gelt-Begierde durch Eysen / oder Bley (weil doch Gold und Silber nicht kommen wil) samt ihrem gepeinigten Leben desto ehender entladen werden: Daß man aber im Krieg reich und groß werden könne / wil ich mit einem etwas ältern / alß deß *Monsigneur Secundati* Exempel erweisen / welches ich auß deß Ritters *Petri Mexiæ* verteutschten Wunderwelt genommen / lautet beyläuffig von Wort zu Wort also: Der Tugent-berühmte und tapffere Venetianische Feldherr / und Vatter deß *Francisci Sfortiæ,* (dessen Söhn und Nachkommene bis auff unsere Zeit Hertzogen zu Meyland gewesen) war auß einem Dorff gebürtig / Catignola genandt / Attenduli eines armen Bauren Sohn / der sich deß Weingarten-Baus mit dem Karst zuhacken härtiglich ernähren müßte: Dieser junge Attendulus / den etliche auch Jaccomuzzus nennen / war von Natur ein starcker behertzter Mann / und zu den Waffen geneigt; verliesse derowegen auß hohem Geist und tapfferem Gemüht seines Vatters schwere Arbeit und saure Nahrung folgender Gestalt: Alß er einsmahls zu Sommers-Zeit in der grosten Hitz mit dem Karst gantz traurig hinauß auff das Feld gieng / vorhabens in dem Weinberge zuhacken / und etliche neu-geworbene Soldaten vorüber gehen sahe / die ihre Degen trugen / und sich lustig erzeigten: bekahm er etwas Lusts zum Krieg / verblieb doch im Zweiffel / ob er mitziehen / oder länger hacken wolte? Jn diesen Gedancken kam er zu einem Nußbaum unfern vom Weinberg / bey welchem er still stuhnde / und bey sich selbs sagte: Wolan! Jch wil an diesem Ort eine Prob nemmen / und meinen Karst auff diesen Baum werffen / bleibt er droben hangen / so wil ich mit in den Krieg ziehen / fallt er aber wider herunder / so soll mirs ein Zeichen seyn / daß ich ellender Tropff noch länger hacken soll / damit warff er den Karst auff den Baum / und alß derselbige fest droben behangen verblieb / liesse er ihn auch hangen wie er wolte / gieng heim / mondirte sich so gut er könte / und zog mit andern / die durch sein Dorff passirten / in den Krieg; Anfänglich war er ein gemeiner Soldat / wurd darnach ein Rottmeister / folgends ein Feldweibel / worauff er nicht lenger zufuß dienen wolte / sondern einen Reuter abgab / da er jelenger jemehr bis zum Generalat befürdert wurde: Und demnach er sehr starck von Leib und Gliedmassen gewesen / nandten ihn die Jtalianer *Sfortia;* Seinen Sohn Franciscum richtet er dermassen ab / daß er in allen Kriegs *exercitiis* den Vatter weit übertraff: daher er dann auch deß Hertzo-

gen Philippi von Meyland Tochtermann / und folgends desselben
Lands Hertzog worden ist. Herr *Collybius* nun wirds an euch sein.

114. *Collybius*.

Wann einem jeden seine Kappe gefallt / so kan man wol erachten
/ daß ich dem Kauffhandel nicht abstehen werde / durch welchen
viel zu grossem Reichthumb kommen: worzu dann meinem ersten
Satz nach ein guter Verstand / ein treffliche Dexteritet / und über
diß eine Bekantschafft und vertrauliche Correspondentz mit auß-
ländischen Kauffleuten gehörig; daß aber solcher Handel vor allen
andern Handthierungen / Geschäfften und Ständen am aller be-
quemlichsten seye / Gelt und Gut zugewinnen / und sich groß in
der Welt zumachen / bezeugen nicht nur ein oder zwey / sondern
unzahlbar tausend Exempel! Aber wer die Kunst nicht weiß / der
mache den Kram zu: jener Kauffmann von Genua pflegte zusagen:
Wer sich vorm Teuffel förchtet / wird nimmer Reich: Nun dem sey
wie ihm wolle / eines jeden Gewissen wird auch einen jeden über-
zeugen / wessen er sich verhalten soll: ich sage nur / daß sich der
Kauffhandel am allerbesten schickt zur Kunst reich zuwerden. Zei-
lerus meldet in seinem neu-verkürtzten Reißbuch deß Teutschlands
Anno 1662. getruckt Pag. 433. daß Johannes Fugger (von welchem
das ansehenliche Geschlecht der Herrn Gragen Fugger herstammet)
auß dem Dorff Graben gebürtig / gewesen sey / etc. so durch Heu-
raht das Burgerrecht zu Augspurg bekommen / und neben seinem
Handwerck / so er etlich wenig Jahr getrieben / mit Garn gehan-
delt habe / wardurch er reich und groß worden: man sehe sich umb
/ so wird man gewahr werden / daß under allen Privat-Personen
die Kauff- und Handelsleuth am allerreichsten seyen? so daß auch
die Ost-Jndiansche Compagney in Holland (auß deren Mitgliedern
denen Gewindhabern sich einige mit etlichen Thonen Golds nicht
außkauffen liessen) sich nicht scheuet / nicht nur mit etlichen na-
ckenden Jndianischen Königen und ihren Unterthanen Krieg zuführ-
ren / sondern auch den Monarchen in Persia / den grossen Mogul
in Jndia / und den gewaltigen Keyser in Zailon zugleich und zu
einer Zeit mit Waffen anzuwenden? ich wil aber so weit nicht hinauß / noch rühmen / daß sie die meiste Parschafft besitzen / also
daß sie auch gewaltigen Königen grosse Summen Gelts zulehnen
pflegen: noch was sie weiters vermögen und thun könten / anre-

gen: sondern allein meine einfaltige Histori erzehlen / die verhält sich also: Noch bey Menschen Gedencken / oder ja eine gar geringe Zeit zuvor wohnete ein verwittibte Krämerin in dem Chur-Cölnischen Stätlein Attendorn / die ihren Sohn in Holland schickte zu serviren und zubegreiffen / wie er ins künfftig seinen Handel nutzlich führen und prosperiren könte. Dieser insinuirte sich dergestalt bey einigen Kauffherrn / und stellte sein Sach so wol an / daß er alle Jahr seiner Mutter auß dem / was er erwarbe / viel von allerhand in seinem Heimath verkäuffliche Wahren heimschicken / und dannoch so viel in Handen behalten könte / seinen Bey- oder Nebenhandel fortzusetzen: neben andern Wahren schickte er einsmahl eine Platte von klarem Gold / so schwartz angestrichen gewesen nach Hauß seiner Mutter / unberichtet was er ihr vor ein Schatz zugesandt: dieselbe setzte sie unter einen Banck in ihren Kramladen / allwo sie stehen bliebe / bis ein Glockengiesser ins Land kam / bey welchem die Attendorner eine Glock giessen / und das Metall darzu von der Burgerschaft erbettlen zulassen beschlossen: Die so das Ertz samleten / bekahmen allerhand zerbrochene ehrene Bött oder Häfen / massen die irdine daselbst nicht gebräuchlich / und alß sie vor dieser Wittib Thür kamen / gab sie ihnen ihres Sohns Gold / weil sie es nicht kandte / und sonst kein zerbrochen Geschier hatte / der Glockengiesser / so nach Arnsperg verreisset war / und sich dort auffhielte / bis er auch einige Glocken daselbsten verfertiget / hatte einen Gesellen zu Attendorn hinderlassen / mit Befelch / die Form zu der daselbstigen Glocken zuverfertigen / und alle Anstalt bis auff den Guß selbst zumachen / mit dem Guß aber innzuhalten bis zu seiner Ankunfft: er thäte was er geheissen worden / alß aber der Meister nicht kam / und er auch selbst gern eine Prob thun wolte / umb zusehen was er könte / fuhr er mit dem Guß fort / und verfertigte den Attendornern ein von Gestalt und Klang so angenehme und gefällige Glocken / daß sie ihm solche bey seinem Abschied (dann er wolte von Attendorn zu seinem Herrn oder Meister nach Arnsperg gehen / ihme die Zeitung von seiner glücklichen Verrichtung zubringen) so lang nachleuten wolten / alß er sie hören könte: Uber das folgten ihm etliche nach / die ihn mit Kandten in den Händen begleiteten / und ihm mit dem Trunck zusprachen: Alß er nun in solcher Ehr und Frölichkeit bis auf die steinerne Brucke / die sich zwischen dem Fürstenbergischen Schloß Schnellenberg und Attendorn befindet / gelangte / begegnet ihm sein Meister / welcher anders nichts thät / alß daß er zu seinem Gesellen sagte: Was hast du gethan / du Bestia? ihm die Pistol an Kopf setzte / und damit eine Kugel dardurch jagte / darvon er alsobald das Leben auffgab: Zu dessen Geleitsleuten aber sagte er / der Kerl hat die Glocken gegossen wie ein anderer *s. h.* Schelm: er were urbietig solche wieder umbzugiessen / und der Statt weit ein ander Werck zumachen: Ritte darauf in die Statt / und wiederholte was er auff der Brucke gesagt hatte / alß ob er den Handel gar wol ausgerichtet: aber er wurde wegen deß begangenen Mords angepackt / und endlich ernstlichen gefragt / warumb er sein Gesellen todt geschossen / mit welchem sie doch wie auch mit seiner Arbeit und Glocken wol zufrieden gewesen: endlich bekante er / welcher Gestalten er an dem Klang abgenommen / daß eine zimliche Quantität Gold bey der Glocken were / so er nicht darzu hette kommen lassen / sondern weggezwackt haben wolte / dafern seyn Gesell mit dem Guß bis zu seiner Ankunfft / wie er ihm dann anbefohlen / gewartet hätte / von wessentwegen er ihm den Rest dann auch gegeben. Hierauff wurde ihm der Kopff weggeschlagen / dem Gesellen aber auff der Brucken / wo er sein End genommen / ein eysern Creutz zu ewigem Gedechtnuß auffgerichtet / welches auch noch ohn Zweiffel dort stehen wird. Underdessen könte Niemand ersinnen / woher das Gold zu der Glocken kommen seyn müßte / bis der Wittib Sohn mit Freuden und grossem Reichtumb beladen nach Hauß gelangte / und vergeblich betraurete / daß sein Gold Zween / einen schuldig und einen unschuldig umb das Leben gebracht: prætendiert er sein Gold gleichwol nicht wiederumb / nicht allein weil ihne GOtt anderwerts reichlich gesegnet / sondern auch / weil es einmahl zu dessen Ehren gewidmet war: Es hat aber längst hernach das Wetter in den Kirchthurn geschlagen / und wie sonst alles verbrannt war bis auff das Gemäur / also auch alle Glocken zerschmeltzet: Nach welchem Unfahl in der Aschen Metal funden worden / welches am Gehalt den Goldgülden gleich gewesen / worauß derselbig Kirchthurn wieder umb etwas reparirt und mit Bley gedecket worden / allermassen ich ihn also dort gesehen / und mir diese Histori von alten Leuthen also erzehlen lassen. Und dieses soll seyn die Histori / die ich auß Befelch Herrn Secundati der anwesenden Compagney zuerzehlen schuldig gewesen. Jetzt Altvatter / was sagt ihr?

Knan.

Jch könte euch wol sagen was ich wolte / und wie mirs umbs
Hertz ist / aber ich weiß schier nicht wie ich daran bin / ob ichs
thun darff oder nicht? Dort sitzt der Herr *Secundrarus*, der ist ein
Herr / und wil noch darzu ein Krieger werden / wie dörffte ich
dann alß ein armer Baursmann / dem diese beyderley Leuth zu hart
seyn / und immer auff der Hauben sitzen / meinem Hertzen raumen? Dort sitzt der Herr Alckmamon oder Altmammon / der ist
ein Würth oder Gasthalter / was soll ich machen? Wann ich sage /
wir Bauren könten auch wie ihr Herrn Kauffleuth in unserm Stand
reich werden / wie ihr Herr Vollybis von dem ewerigen gesagt:
wurden mir und meines gleichen diese dreyerley Leuth hinfort
nicht besser schrepffen alß gemahlen? Und ihr selbst Herr *Vollibis*
wurdet mir künfftig besser scheren alß zuvor / wann ich euch under die Händ kehme / und umb einige Wahren vor mich oder die
Meinigen auszunehmen benöhtiget were: dort befindet sich der
Kabarinus (ach sagt mir doch / es ist gewiß ein Riemenschneider /
deren wir Baursleuth zu unserm Schiff und Geschirr so wenig alß
der Schmidt und Wagner entbehren mögen) wann ich ihm ein Par
Ahnwett-Riemen künfftig abkaufften wolte / so müßte ich sie ihme
doppelt bezahlen / wann er nur versichert were / und er jetzt von
mir hörte / daß wir Bauren Gelt hetten / und solche zubezahlen
vermöchten: da nächst ist diese Zeugrumerin / solte sie wissen /
daß wir viel vermöchten / wahrhafftig sie und ihres gleichen Bettler
und Landstürtzer wurden mit keinem stuck Speck / weniger mit
einem Stuck Brodt / einem Par Eyer oder Gäblin Ancken mehr
verlieb nemmen / sondern Gelt haben wollen / und wann wirs
ihnen abschlugen / sich unterstehen / uns solches auß der Kisten
zumausen / gleich wie sie sich nicht schämen / anstatt der Eyer /
die sie von uns zugeniessen gewohnt seynd / uns Hüner / Gänß
und Endten auß den Höffen abzufangen: Daneben mir sitzt ein
Schreiberknecht / der wird villeicht heut oder morgen ein Schaffner
abgeben / oder sonst so ein Kerl die Bauren zuschinden / wie kan
ich dann vor ihme unsere Proflession erheben und rühmen / wie
ihr under einandern thut / daß man darinn reich werden könte?
wurde er / wann er solches wißte / die Schinderey nicht verdo-
peln? Dort vom Aron wil ich nichts sagen / dann mit ihnen zu-

handlen / stehet in eines jeden freyen Willen / und die Juden alle mit einander könden mir nichts / wie ihr underschiedliche Leuth under einandern thut / abnöhtigen / wann ich nicht selbst mich in die Gefahr gebe / und mich ihnen freywillig underwerffe: Von den Weibern und jungen Dirnen / die sich da befinden / sage ich nichts anders / alß daß sie ihrer Männer Liedgen singen / deren Tageweis auch über uns arme Bauren außgehet! Mit meinem Herren Sohn / mit meiner Meuder und dem guten Spring ins Feld bin ich schon vertragen / und sage allein dises / anstatt einer Storgen / die ich auch erzehlen solte / wann ihr Herr *Secundargus* und andere ewers Gleichen / sampt den Soldaten und unserm Schuldtheissen uns Bauren mit dem Gelt heischen: Jhr Würth mit dem übermässigen Zechmachen: Jhr Krämer / Kauff- Handels- und Handwercksleuth mit dem unbillichen Ubernemmen und allzu grossem Wucher: Jhr Schaffner mit Zins und Gült-einfordern uns ungefrettet liessen / und uns auch die Landläuffer nicht *molerestirten*, daß wir unsere Pflüg in wenig Jahren mit Silber beschlagen lassen könten / es mochte euch gleich darnach verdriessen oder nicht.

116. *Erich.*

Nicht so zornig / nicht so zornig / lieber Altvatter / ihr müsset eine Oberkeit haben / die Fried und Gerechtigkeit / und einen jeden bey dem Seinigen erhalte: solcher Seits seyt ihr Bauren ihre Gebühr zureichen schuldig: die Krämer und Kauffleuth geben euch ihre Wahr / und der Handwercksmann macht euch seine Arbeit umbs Gelt; den Schaffneren gebt ihr billich ihr Zins und Gült / alß deren Herrn Principalen Güter ihr darvor geniesset / jener Sinnreiche Mahler entwarff allerhand Ständ auff Tuch / zum Keyser schrieb er / ich erhalt euch all: zum Pfaffen / ich bette für euch all: zum Soldaten / ich fechte für euch all: zum Weib / ich erziehe euch all: zum Schneider / ich kleide euch all: und so fortan / zum Bauren aber / ich ernähre euch all: muß derowegen einer dem andern nach Göttlichem Willen in seinem Beruff dienen / und nicht wieder dessen Ordnung murren / wie ihr Bauren immerhin zuthun pflegt.

Knan.

Es ist aber auch wahr / ein jeder rupft an uns / und wil reich an uns werden / es ist ja deß Schindens und Schabens kein Ort und kein End!

Secundatus.

Herr Knan so alt seyt ihr nicht / ihr müsset ein Täpgen halten / weil ihr dem *Monsieur* Erich in sein Red gefallen: und ihr Herr Erich erzehlet anstatt Zanckens ewere Histori.

Erich.

Die Exempla und Historien / so zu meinem Intent taugen / und hier angezogen werden / solten seyn so bekant / daß es ihrer Erzehlung gar nichts bedarff / alß da seynd der Haußmeyer in Franckreich / die endlich gar auff den Königl. Thron gestiegen; Jch hab gesagt / dieweiln das Gelt der Länder in den Cassen ihrer Princen zusammen komme / müsse sich der / so reich und groß werden wolle / dort zutäppisch machen / bis er seinen Theil darvon bekomme / und sich besacke / bin auch noch derselben Meinung / doch daß ein solcher wolbeschlagen / und mit so beschaffenen Qualitäten begabt und außgestaffiert sey / vermittelst deren er bis ins Centrum und von dannen wieder herauß langen könne: Anstatt meiner Histori soll mir taugen der weltberühmbte Mazarini / welcher / ehe er Cardinal worden / sich nur mit dem Cardinal Richelieu bekant gemachet / und endlich so groß / gewaltig und reich worden / daß er nicht nur das gantze Königreich Franckreich ministrirt / sondern auch sein Schifflein dergestalt ins Trocken getrieben / daß weder sein Geschlecht / noch sein Namme verdunckelt / ob er gleich ohne Leibserben abgestorben seyn soll / und weil dieser noch in unser aller frischer Gedechtnuß schwebt / so wil zu Gewinnung der Zeit mit einer andern weitläuffigen Histori der anwesenden Compagney nicht weiters beschwerlich seyn.

Secundatus.

Monsieur ich vermercke / daß ihm seine anderwerts herumb flie-
gende Gedancken nicht gönnen einen Spaß mit uns zuhaben: ge-
wißlich / wann ich einmahl verliebt werden solte / so wolte ich
mich understehen zu Vertreybung der Melancholiæ in solchen Sachen eine Freud zusuchen / darinnen ich doch keine zufinden allbereit zuvor versichert were.

Erich.

Meinem Herrn beliebt seinen Diener so zuschertzen / von welchem meine Wenigkeit zuvernehmen verlangt / warmit ich mich
unschuldigen doch in diesen Verdacht gebracht:

Secundatus.

Jhr habt ewere Meinung wieder ewere Gewohnheit viel zuhinles-
sig vorgebracht / und die jenigen Farben gar nicht gebraucht /
damit ihr andere Sachen außzieren könnet: über das / weiset ihr
einen Weg zur Reichtumb zugelangen / den ihr doch gar nicht
zugehen begehret: dann ihr habt nicht nur gelesen / wie es Sejano
beym Tiberio: Clito bey Alexandro magno: Plautiano beym Severo:
dem Haman beym Assuero: und dem Senecæ beym Nerone ergan-
gen / sondern wißt auch auß eigner Erfahrnuß (wie ihr dann damahls selbst in Franckreich gewesen) welcher Gestalt ein fätter
Goldschwam außgetruckt worden.

Erich.

Thut einer recht daran / wann er beizeiten von einem Banquer
auffstehet / seiner Gesundheit zuschonen: so wird es auch nicht
zuverdencken seyn / wann er beizeiten / wann das Spiel am besten
ist / abbauet / und sich / wann er noch in Gnaden ist / von Hoff
retiriert; welches dann ein Verständiger wol in acht nemmen / und
ihm zu Nutz machen kan.

Secundatus.

Ach daß wolte obgemelter Seneca bey seinem Herrn dem Keyser auch practicieren / aber vergeblich / ob er ihme gleich alles wieder überlassen wolte was ihme verehrt worden war / welches sich aufs etlich hundert tausend Cronen belieffe: aber genug hiervon: Mein schöne weisse Mutter was sagt ihr? Was vor einen Stand woltet ihr euch zuhaben wünschen / reich darinn zuwerden.

117. *Courage.*

Mein Herr / bin ich gleich in ewer Jugend keine schöne weisse Mutter die euch gefällt / so war ich doch in meiner Jugend keine heßliche Tochter / dergleichen ihr nicht verachten wurdet. Wann aber wünschen gelten und helffen solte / so wolte ich mir keinen Stand sondern nur die Erneuerung deß Werckzeugs wünschen zu dem jenigen Handwerck dienstlich / darinn ich reich zuwerden getraute: aber ach! Es gehet mir wie jenem Mahler / welcher sich in eine Schlacht begab / zusehen wie dergleichen Actionen / sonders die Angesicht beydes der Sterbenden alß Zornigen künstlich abzumahlen / verlohr aber in selbigem Treffen ohnversehens beyde Hände / also daß er zwar ein bessere Wissenschafft alß zuvor / hingegen aber keine Instrumenten mehr darvon brachte / seine Kunst außzuüben / also seyn die vndermischte Lilien und Rosen meiner weiland zarten Wangen samt den Corallen rohten Lippen verblichen / die Brüste verwelcket / das Goldfarbe lange Haar ist fort / hingegen ein abgestumpeltes silberweisses vorhanden / der übrige gantze Cörpel ist wie ein dodten Geripp / mit altem Leder überzogen / und einem Sackvoll Kochlöffel zuvergleichen: in Summa / der guten *Courage* ist von ihrer gantzen *Courage* sonst nichts alß der Namme übrig verblieben: wann ich aber noch beschaffen were / wie die Dame die neben ihrem Mauschele sitzet / so getraute ich mir mit meinem Handwerck / ob ichs zwar in zwantzig Jahren nicht mehr getrieben / und selbiges allerdings vergessen / solche Reichtumb zuwegen zubringen / daß ich gleich der Egyptischen Rhodope einen Pyramidem auffbauen: oder wie die Phrine die Statt Thebe rund umb mit Mauren umbgeben lassen könte: dann ich wißte manchen reichen Schnautzhanen dermaßen zulausen / daß ich der schonen Damo nichts bevor gebe / welche sich beym Heraclide Lesbio berühmet / daß sie Antigonum aller seiner Schätze beraubet: noch der Lamiæ / die / wie bey Plutarcho zulesen / Demetrium dergestalt bethöret und eingenommen / daß er ihr alles schenckt was sie nur begehrt: ja ich wolte gleich der prächtigen Flora / von deren Plinius schreibt / daß sie nur Keyser / König etc. gewürdigt zu sich zulassen / auch eine Statt mit meinem Gewinn reich machen können / und zwar wie wolte es mir mit demselbigen Handwerck fehlen können / sintemahl wir sehen / daß alle Welt die Alten und Jungen den Huren nachlauffet und nachgeloffen / und ihnen ihre Reichthumb angehenckt: Alß Cyrus der Phocaide / Ptolomæus Philopator der Agathoclea / Demetrius der Lamia / Antigonus der Dama / Seleucus der Nisa / Philippus Macedonicus der Philinna / Dionysius Tyrannus der Nannio / Pompeius der Flora / Alexander der Thaide / Marcus Antonius der Cleopatræ: und vom Gyge der Lydier König lieset man beym Clearcho / daß er seiner verstorbenen Buhlschafft nach langem Trauren und Klagen ein Grab lassen aufrichten / welches so hoch gewesen / daß man es durch sein gantzes Land sehen können: mein alter Buhler gegenwertiger Simplicissimus erzehlet selbst im andern Theil seines Satyrischen Pilgers / im dritten Gegensatz von der Liebe ein gantzen Hauffen Huren / welche beydes König und Regenten / weise Philosophi und närrische Poeten so wol alß die alte Heroes am Narrenseil geführet / die auch zum Theil ihr Leben bey ihnen eyngebüßt / oder doch sonst grosse Sachen ihnen zugefallen verrichtet haben / und wann von Tag zu Tag alles ärger wird / wie Horatius singt / warumb solte dann dieses / ob zwar unehrlich genante / aber doch so sehr eynträgliche Handwerck nicht noch gehen? oder siehet man nicht wie diese Handwercksbursch noch bey etlichen Grossen in Ehren gehalten und mehr alß die eheliche Gemahlin selbsten caresiert werden? warmit ich dann beschliessen / und genugsam dargethan haben wil / daß diese meine alte Handthierung die allerbequemlichste sey / Gelt zusammen zurasplen und reich zuwerden.

Secundatus.

Es ist Schad / daß die *Courage* zu ihrer trefflichen Experientz nicht auch ihre Jugend noch hat / O wie manchem geilen Hurenhengst wurde sie das Seil übern Kopff werffen! und ihme also den Lohn seiner viehischen Begierden abstatten: Aber ihr Spring ins Feld was habt ihr hiervon vorzubringen?

118. Spring ins Feld.

Mir gehet kein Haar besser alß der *Courage*, ihr mangelt zum Huren Jugend und Schönheit / mir aber zum Krieg Jugend und noch ein Fuß: Sie hat mit Huren ihr Lebtag viel verdienet / wohnt aber gleichwol in keinem Schloß / sondern schweiftet im Ellend herumb / geschweige daß sie hiebevor auch die Frantzosen / mit Züchten / bekommen / ich hab hingegen im Krieg viel erbeutet und gestohlen / und müßte gleichwol bettlen / wann der ehrliche *Simplicissimus* nicht wer / geschweige daß ich auch mein Bein verlohren / also daß ich bey nahe glauben muß / es seye bey dem jenigen / was man mit Huren und Kriegen erwirbet / wenig Stern und GOttes Segen: massen wir beyde mit unserm Exempel erweysen: aber gleichwol dem seye wie ihm wolle / wann ich mein Jugend / und in Candia verlohrnes Bein wieder hätte / so wolte ich Reichtumb in dem Krieg suchen / dann ich bin jetzt nicht mehr so alber und unbesonnen / wie ich war / da ich keiner Beförderung nachstellte / sondern alles vom Glück und Unglück annahme wie es kam / und im übrigen eine bessere Beobachtung meiner künftigen Wolfahrt ein gut Jahr haben liesse: Mein Patron Simplicius hat ein alte / und Herr *Secundat* eine neue Histori erzehlet: ich wil eine mitlere vorbringen / und den Wallenstein vor die Hand nemmen: alß welcher durch die Waffen auß einem Edelmann ein Herrzog zu Fridland und Mechelnburg / auß einem gemeinen Soldaten ein grosser und gewaltiger Generalissimus worden / der auch erkühnet nach einem königlichen Thron zutrachten: Dieser ist aber von Jugend auff zum Herrschen gar zubegierig gewesen / welches er einst / da er noch bey einem Fürsten *Page* war / mercken lassen: Da er sich auf der Reitschul ermüdet / und auf seim Beth lag der Ruh zupflegen / kam ein anderer Edelknab auß seinen Camerrahten zu ihm / und alß er an ihm vermerckte / daß er diese Gedancken hatte / fragte er / was er vor Calender machte? Wallenstein antwortet / hier lig ich / und betrachte / wann ich einmahl ein Fürst werde / was ich vor schöne Pferd und wie ich sonst meine Reputation halten wolle etc. Jener hingegen sagte / wie könte ich so närrisch seyn / mich mit so unnützen und vergeblichen Sorgen zuquälen? Lasse dir nur so lähre und eitele Gedancken vergehen: Wallenstein schwieg zwar vor dißmahl still / aber alß er Generalissimus war / und eines Tags vor seiner Zelten stuhnde / da ihm viel Oberste und andere Cavallier auffwarteten unter welchen sich ernanter sein alter Camerrath auch befande / ruffte er denselben zu sich / und sagte / ist er nicht der von N. und vor diesem neben mir *Page* gewesen? jener antwortet mit einem tieffen Bückling / ja ihr Fürstl. Gnaden: nun wolan sagte Wallenstein / was seynd wir aber jetzt? Jch bin / antwortet jener / Oberst Leutenant: du bist sagt Wallenstein darauff / *s. h.* ein Hundsfutt / und kehrte sich damit hinumb / seinem Secretario befehlende / daß er ihm vonwegen alter Bekandtschafft 4000. Reichsthaler geben solte: Dieser Mensch were glückselig gewesen / wofern er nicht sein Glück / das ihm die Waffen beschert wiederumb durch den unersettlichen Ehrgeitz verschertzt alß welchen er sich zu viel einnemmen und überwinden lassen / warüber er dann von einem Gordon zu Eger erstochen / und von ihme neben seinen Mittgesellen auff einem Mistkarch (obgleich zuvor das Keyserl. gantze Heer vor ihn wachte / und sich die Reichsfürsten vor seinem Gewalt entsetzten / er auch den höchsten Gewalt in Kriegs- und Friedens-Handlungen hatte) durch die Statt geführt / und aller Welt zum Spott gemachet worden. Worauß zusehen / daß im Krieg zwar wol etwas zugewinnen / aber schwerlich zuerhalten.

Secundatus.

Wann ihr noch jünger weret / so wolte ich ewere Steltze nicht ansehen / sondern euch wegen ewerer Experientz zu mir in Krieg wünschen: Aber ihr *Laborine* was bringt ihr vor?

119. *Laborinus.*

Wanns müglich seyn könte / so wolte ich geistlich zuseyn wünschen / dann dieselbe Art Leuth scheinet sich ohne sonderbare Arbeit / Mühe / Sorg und Gefahr zubereichern: Man findet bey den Cartheusern ein immerwehrende Ruh / bey den Benedictinern und Præmonstratensern schöne Stäb / damit in alle Welt zugehen: Bey den weltlichen Priestern ein vortreffliche Freyheit in allen Dingen / das Alter gehorsammet / und die Jugend dienet ihnen: die meiste

Zins gült / Zehenden und dergleichen Gefäll seynd vor sie gestifftet / sich nicht allein darauß reichlich zuunderhalten / sondern auch darauß zuerübrigen und vorzuschlagen / welches man ihnen alles in ihr Gewahrsame liefert / das Opffer legt man ihnen auff den Altar / und so mancher Christen-Mensch gebohren wird / so manchen Contribuenten bekommen sie / vom Tauff an bis in das Grab / massen sie alßdann erst nach ihrem Tod entweder bey uns Evangelischen vor die Leichpredig / oder bey den Catholischen nach dem dreyssigsten Gelt hergeben.

Secundatus.

Holla *Laborine*, ihr komt zuweit / ich mercke wol / ihr hättet gern einen guten faulen Handel / verstehet aber die Sach nicht recht: Ein Pfaff oder Prædicant zuseyn ist fürwahr kein Kinderspiel / und so vieler anvertrauter Schäfflein Seelen rechtschaffen zuweyden / und ihrer Verdamnuß halben Antwort zugeben / läßt sich ohne Schnauben und Bartwischen / ohne Mühe / Arbeit / Sorg und Gefahr so leicht wie ihr villeicht vermeinet / nicht vollbringen: Sie seynd zwar zum Theil mit allerhand zeitlicher Nohtwendigkeit genug versehen / also daß sie wol etwas ersparen könden / hingegen aber auch tausendfältigem Ungemach underworffen / geschweige deren Versuchungen / die ihrem Stand zuzusetzen pflegen: Jch wil hier nicht sagen noch ausstreichen / was massen ihr Uberfluß / ihre gute Accomoditäten / ihr gerühriger Herrn-Handel ihnen zum Seelen-Netze diene / oder auch wol gar zum Seelen-Gifft werden könne / auch nicht wie sich mancher armer Prædicant seiner hauffen Kinder halber / mit denen sie gemeinlich vor andern wol gesegnet / quäle: sondern euch auch hiervon das Stillschweigen aufferlegt: Und weil die ehrliche alte Meuder schon eine Histori erzehlet / diese junge Dame ersucht haben / der Gesellschafft vorzubringen / was sie wegen unserer under Handen habenden Materi zureden entschlossen.

120. Coryphæa.

Ob mich zwar *Simplicissimus* in seinem ersten Satz gelehret / *Courage* auch mit ihrer Meinung / und vielen Exemplen schöne Anleitungen geben / ich auch selbsten in meinem zweyten Satz erkläret / wessen ich mich zuverhalten / wann ich reich werden wolte / mich auch dessen in den nachfolgenden Sätzen nochmahlen genugsam vermercken lassen: So ist es mir *Monsigneur Secundate*, dannoch so wenig ernst / alß den Halß abzufallen / dann die Wahrheit zubekennen / so fielen meine Reden etwas leichtfertig / umb der Gesellschaft einen Spaß zumachen / und selbst einen darvon zuhaben: Zwar muß ich gestehn / daß sich die schönste Gelegenheit bey mir anpræsentiren / diß kützellichte Handwerck zutreiben / und manchen Wolhäbigen in solche Strick zubringen / darauß er sich schwerlich ohne grossen Verlust und Hinderlassung seiner besten Schätzen mehr wicklen wurde können: aber ich liebe vor mein Person die edle Freyheit / und affectiere sonst nichts / alß Ehr und Lob in der jenigen Profession zuerlangen / die meine beyde noch lebende Eltern treiben / denen dann nach Nohtdurfft Gelts genug folget; meine gröste Freud ist / wann ich mich nur so wunderbarlich in der Scena verendern / und durch mein holdseliges Lachen: meine liebliche Sirenen-Stim: hertzstellende Seuftzen: angenehme Wort: liebliche Reden: ansehenliche Præsentation meiner Person: wol proportionirte Geberden und zusammenstimmende Bewegungen / die Hertzen und Augen aller deren / so mich hören und sehen / an mich ziehen / und mit Liebe gegen mir verbinden kan! ohne daß ich eines eintzigen auß allen meinen *Spectatoribus* verlangte theilhafftig zuwerden: wann ich dann sehe / daß sich einige gern auff den Kloben setzen / und fangen lassen wolten (wie sie dann solches nicht nur mit gemeinen und schlechten Liebes-Blicken oder Passionirten Reden / sondern mit reichlich zuwerffenden Schenck- und Verehrungen zuvernemmen geben pflegen) so verdoppelt sich meine Freud / und machet / daß ich mich befleisse in meiner Kunst noch perfecter zuwerden / umb zuwegen zubringen / daß sich auch noch mehr Leuth über mich verwundern / und mir ihre Holdschafft schencken müssen / ohnangesehen sie wissen / daß sie sich an ihren fünff Sinnen meiner nicht weiters zuerfreuen / alß was ich ihren Augen und Ohren gönne: daß aber die Profession der Histrionibus oder Comœdianten auch bereits bey den Alten in hohen Ehren und sehr eynträglich gewesen / erweise ich im Macrobio lib. 3. Saturn. da er die Histrionicam / die etwann verachtet gewesen / von aller Schmach sich unterstehet zuerretten / mit dem Exempel *Sexti Roscii Amerini* und *Æsopi,* welche beyde Comödianten gewesen / und von Cicerone so lieb und werth gehalten worden seynd / daß er sie öffentlich verthätiget hat: wie man dann noch auff den heutigen Tag hiervon unter seinen *Orationib.* eine findet *pro S. Roscio Amerino,* in welcher er unter andern die Röm. Burgerschafft schilt / daß sie under seiner Recitation ein Tumult erregt: Er Cicero hat sich offt mit diesem Roscio versucht / ob er mit bequemlichern Worten einen Spruch könte vorbringen / alß jener anmühtige Geberden darzu brauchte: dardurch dann gemelter Comœdiant so kühn worden / daß er in einer öffentlichen Schrifft seine Kunst mit der Eloquentia vergliechen: Er ist dem Lucio Silla so lieb und angenehm gewesen / daß er ihm nicht allein einen schönen guldenen Ring geschencket / und ihm solchen zutragen erlaubt / sondern ihme noch darzu neben andern Verehrungen und Regalien auß der Statt Renten täglich 1000. Denarios zur Besoldung reichen lassen: so ist besagter Esopus / wie ermelter Macrobius meldet / durch diese Profession so reich worden / daß er seinem Sohn über 200. Sestertia jährliches Eynkommens hinderlassen / der aber ein solcher Verschwender darbey worden / daß er auch in Essich zerlassene Perlen seinen Gästen auftragen lassen. Wormit ich dann von dem / was mich benügt und bereichert / auch genug geredt haben wil.

Secundatus.

Nun Rabbi Mauschele / wie wirds bey dir? ohn Zweiffel wirst du mit deiner Profession gleich wie diese Dame mit den Jhrigen auch mehr alß wol zufrieden seyn / alß worinn du mit deinem Spieß ohn mänigliches Einreden und Verhinderung auff allerhand Manier fechten: und ohne Beobacht- und Beängstigung deines gewissenlosen Gewissens durch allerhand Vortheil / List und Betriegerey erschachern / und zu dir rappen und sacken kanst / was du nur wilt.

121. *Aron.*

Jch sehe an deß Herrn Meinung / daß weise Leuth bisweilen auch irren / sintemahl wann ich die Wahl hätte / und mirs mein Religion zugebe / ich wol ein grosser Stocknarr were / wann ich meinen mühsammen und armseligen Stand / darinn ich Tag und Nacht mit saurer bitterer Mühe / Gefahr / Sorg und Angst nach meinem geringen stuck Brodt lauffen und rennen muß / nicht mit einem andern und bessern zu vertauschen wünschte: man legt uns zu / daß wir durch Betriegerey die Christen beseblen / verschweigt aber allerdings / daß dieselbe Kunst under ihnen auch üblich / und sich ein jeder / der mit uns handelt / befleisset / wie er dardurch zum Ritter an uns werden möge / und welcher einen Juden betreugt / bildet sich eyn / alß hätte er das gröste Werck von der Welt verrichtet / lachet darüber öffentlich und heimlich in die Faust / und kan sich dessen nicht gnug rühmen: Trutz daß alßdann einer auß uns armen Tropffen aufgezogen käme / ein groß Geschrey darauß zumachen / und wie mans in dergleichen Fählen uns zukochen pflegt / zuschelten oder zusagen: Er hat mich beschissen (mit gunst) wie ein Schelm und wie ein Dieb / wurde ein solcher nicht noch darzu von aller Welt verschmähet und außgelachet / und noch darzu von der Oberkeit gestrafft oder mit Fäusten abgetrücknet werden? dahingegen wir arme Tropffen jedermans Hünd / ja Verrähter alß die ärgste Schelmen seyn müssen.

Secundatus.

Es bedarff hier nicht / dich und dein aufrichtig Geschlecht zuentschuldigen / weil der Ruff ewers Wolverhaltens / und wie getreulich und ohne einige Betriegerey ihr handelt / ohne daß durch die gantze Welt genugsam erschallet / also daß auch die unverständliche Kinder darvon zusagen wissen: die Frag ist vor dißmahl allein / was du dir dann vor einen andern Stand wünschen wolltest / der besser wer alß der jenige / dich darinn zubereichern?

Aron.

Keinen andern / Herr / alß einen solchen / wie ewer Herrlichkeit mit einem begabet ist.

Secundatus.

Du bist kein Narr / dann ich bin schon reich / hättest also einen grossen Vorthel: deine Antwort erinnert mich an die Antwort einsen meiner Beampteten / welcher trefflich prosperierte; alß ich derowegen ihn zuschertzen zu ihm sagte / er solte mich doch auch die Kunst lernen / wie man reich wurde? sprach er hingegen / wann er michs lernen müßte / so wolte er nicht 1000. R.thl. vor das jenig nemmen / was ich schon könte / wann gleich das Lehrgelt nur auff 1000. fl. taxiert were.

Aron.

Auff ein solch gut Fundament were gar herrlich zubauen: deß Herrn Hoffmeister sagt ja selbst / das Gelt deß Unterthanen fliesse in den Cassen ihrer Herren zusammen / wer wolte dann in einem solchen Stand nicht reich werden / wann man dasselbig fein genau zusammen hielte? Wo man nur hinkomt / da gehen die gemeinen Klagen aller Unterthanen über die Beschwerungen und unerschwingliche Aufflagen deren Gelter so vielerley Nammen / alß mancherley Gattung Sorten man findet / die sie der Oberkeit geben müssen: wer wolte / wann man darnach hausete / nicht grosse Schätz samlen können?

Secundatus.

Ja Mauschele / du sagst wol von grossen Einnahmen / und weist aber nichts von den Außgaben / Land und Leuth / Ehr und Reputation zuerhalten / und seinen Stand und Hoffhaltung Standsgebührlich zuführen / laßt sich fürwahr mit solchen geringen Unkösten nicht thun / alß wann du ausserhalb deines Hauses dich mit einem Häring und Trunck Wasser / oder daheim / wanns wol geräht / mit einer Ganß mit Knoblauch gespickt / behilffest: ohn ists nicht / die Gefäll meines Lands ertragen jährlich eine unglaubliche Summam / also daß mancher / wann er sie eynzuziehen hätte / und selbige wie Mauschel vermeinet / zusammen hielte / in wenig Jahren gar wol ein reicher Crœsus werden könte weil mans aber bey jetziger Welt zuthun nicht gewohnt ist / so wer ich wol ein unweiser / und meines eigenen Lebens Feind / wann ich solches zu understehen in Sinn nemme / geschweige daß ich auch von andern meines gleichen / und sonst von jedermann vor einen kargen hündischen Filtz und phantastischen Sönderling gehalten würde / der wenig Nachfolger kriegte: *Interim* habe ich doch zu meiner Nachricht so viel auß unserem Gespräch / und zwar auß meines Würths und seiner *Cydoniæ* Discurs erlernet / daß man gegen andern mit Versprechungen ungezehlter oder ungewogener Summa Goldts gesparsamb: und nicht freygebig seyn soll / *wie Cresus* gegen dem Alcmeone gewesen / massen sich ein Würth mit gebührlicher (wann zwar etwas übermachter Bezahlung) genügen lassen muß. Was ihr Jungfer Tochter Meinung anbelangt / halte ich solche dem jenigen / der darzu geneigt und GOtt in seinem Leben privatim alleinig ergeben ist / vor heilig / und zur zeit- und ewigen Reichthumb Erlangung zwar vor sehr gesund / besorge aber / es werden eben so wenig *Proximi* mehr geben alß *Lympidæ* vorhanden seynd / solche mit einander zuversorgen: bin also diß Orts deß Simplici Meinung / und lasse mir auch gefallen / was er vom Krieg / und wie darinn reich und groß zuwerden sey / vor die lange Weil her geschertzt hat: Auß *Collybii discurs* werde ich gewarnet / mich vor den Kauffherrn vorzusehen / deren man viel findet / die mit keinen Fürsten ihren Stand und ihr Reichthumb vertauschten / dann sie kommen nach und nach wie weltkündig / ziehen an gleich den Schrepffhörnlenen / werden allgemach fett wie die Masthämmel oder Gänß / die man nimmer berupfft / und fahren immer fort / gleich dem Ebheu / biß der Stamm den Baum oder die Maur von ihnen überwachsen und ruiniert ist / so ihnen anfänglich zum Wachßthumb und zur Auffkunfft beydes Schutz / Schatten / und Dünge gegeben hat / wie man dann an vielen sicher / daß sie durch ihr Darleyhen und grosses Interesse erpressen / grossen Potentaten ihre Indianische Goldquellen außzuschöpffen: was ich von dem Knan und der Meuder gelernet / wil ich nicht sagen / sondern zu meiner Nachricht fleissig im Gedächtnuß behalten: Erich mein Hoffmeister hat mich gelernet / daß ich und meines gleichen unsern Officianten nicht viel zu Gewalts eynraumen sollen / ohnangesehen es jetziger Zeit sich nicht mehr so leicht wie vor alters / auff seines Herrn Sitz steigen lasset / wiewol es noch bey unsern Lebzeiten dem Cromwel in etwas gelungen: *Courage* warnet mich vor den Schlepsäcken und Huren / deren ich auch getreulich folgen werde / weil solche Säck ihre Anhänger nicht nur deß Gelts / sondern auch der Gesundheit / deß ehemahlen tapfern gehabten Gemühts / deß Verstands / der Ehr und Reputation berauben: Spring ins Feld hat allerdings nach meinem *Humeur* geredet: Laborino hab ich allbereit auff das / was er daher gelallet / geantwortet / und der *Coryphææ* Vorbringen laß ich in ihrem Werth und Unwerth beruhen / doch gibts mir Erinnerung / daß man nicht so viel überschwencklich Gelt auff die Comœdien / und ihre Zugehörd verschwenden soll / alß welche nur eine kurtze Zeit (die sie gleichwol unnützlich durchbringen) belustigen: Endlich werde ich mit Rabbi Aron meinen Stand nicht vertauschen ob es gleich seine Religion zuliesse: dann ich habs ja besser alß ein Jud / und gestehe gern / daß die Jntraden meines Lands gleichsam unerschöpfflich seyen. Diesem allem nach / und weil man im gemeinen Sprichwort zusagen pflegt / Es lasse sich auch wol eines Königs Gut verthun / so möchte ich gern von jemand vernemmen / auff was Weis und Weg solches geschehen möchte? und wie ichs angreifen müßte / wann ich in bälde in Armuht / auß Armuht in Schulden / und auß den Schulden in endtliches Verderben gerahten wolte / sintemahl das jenig / was ich zu meinem Stand und nohtwendiger Erhaltung dessen / was ich besitze / zugebrauchen vonnöhten habe / von Tag zu Tag / von Wochen zu Wochen / von Monaten zu Monaten / von Quartalen zu Quartalen / und von Jahren zu Jahren gleichsam wie auß einem wasserreichen Brunnen so überflüssig auß meiner Unterthanen Schuldigkeit hervor quillet / daß ich jährlich / wie Mauschele sagt / wol ein namhaftes zuruck legen / und mit der Zeit ein grosses zusammen bringen könte (vornemlich wann ich mich / wie etwann jemand thut / über Tafel mit einem Quart Wein / einem Salätlein / ein Par weich-gesotten Eyer / und wanns wol hergieng / etwan mit einem eintzigen Feldhünlein oder Krametsvogel / sonst aber mit wenigen und zerlumpeten Dienern / und in Summa Summarum / in allem übrigen gantz kahl behelffen wolte) geschweige daß ich bey so vielen stattlichen Einkünften endlich das La Mi singen solte: und demnach der aufrichtige Simplex kein Blat vors Maul nimt / einem jeden die Wahrheit ohne Scheu zusagen / zumahlen auch keine Bestallung von mir hat / mir zufuxschwäntzen: so verhoffe ich / er alß ein alter Fuchs / der sein Lebtag viel gesehen / viel gehört / viel gelernet / viel gelesen und viel erfahren / werde mir den Weg am besten / und zwar seiner Gewohnheit nach / fein offenhertzig teutsch zeigen / auff welchem ich am aller sichersten zu meinem Verderben gelangen könte: Warumb ich ihne dann hiemit zum freundlichsten ersucht haben wil.

Simplicissimus.

Monsigneur, Es ist mir zwar dessen Stand und Vermögen nicht bekant / aber so viel ich vernemme / so befindet sich beydes nicht gering: sie seyen aber beschaffen wie sie wollen / und sie sich auch dem Keyser in Calekuthen oder in China vergleichen / so wolte ich jedoch meinen Herren bald zu seinem verlangen verhoffen / wann er mich nur zu seinem *Premier Ministre d-Estat* machte / doch mußte ich noch umb ein klein wenig jünger seyn / damit ich desto besser mitmachen könte: dieweil mich aber das Alter plaget / und wie dem alten Barsillai nicht zuläßt / dessen was einem bey Hoff sanfft thut / zugeniessen / so soll es doch an meinem guten Raht nicht ermanglen: Generaliter ist dieses / was ich diß Orts vorzubringen hab / der Herr ähme den Frantzosen nach / wird er mit seinen Reichthumben nicht alßbald fallen / so wirds doch mit ihme und denselbigen sicherlich sonst niergends alß an allen Orten geschwind hincken! dann der Herr muß diß wissen / daß durch solche Frantzösische Mode die Ständ desselbigen gewaltigen Reichs außgesogen: gezämt und (wie etwann die Lydier durch die Seitenspiel) zu andern höhern Dingen undüchtig gemachet werden: wir wollen aber auch particulariter davon reden / und erstlich an deiner (mein Herr verzeyhe mir / daß ich ihn wieder aller jetzigen Menschen Gewohnheit dutze / dann wer die Wahrheit von mir hören wil / der muß auch den Stylum leyden / durch welchen ich die liebe Wahrheit auff gut Simplicianisch anzuzeigen gewohnt bin) Person / und zwar auff Alt-Teutsch-Rod-Welsch am Obermann / das ist / an deinem Kopff anfangen: demselben hat GOtt durch die Natur einen guten Haarboden geben / du must dich aber darumb nicht mit deinem eigenen Haar / und solte es gleich noch so schön seyn / behelffen / sondern nicht umb eine sondern etliche kostbare Barrücken umthun / nemblich umb solche / da eine etwann 80. 100. auch wol mehr Thaler oder Ducaten gestehet / ob sie gleich auf einer Jüdin oder gar auff einer Unholden Kopff gestanden / dieselbe alle Tag / oder wol gar stündlich mit dem Poudre de Cypre bestreuen: so mustu auch zu jeder Barücke einen sonderbaren Hut / auff demselben eine sonderbare Tour von theuren Banden oder Blümaschen

/ und nicht weniger zu jedem Hut ein absonderliches Kleid / Degen / Wehrgehänck etc. und zwar allweg und zu jeder Zeit alles
von der neuesten Mode haben und damit solche Barücken in ihrer
stetigen Zierd prangen / so must du einen Cammerdiener darauff
halten / der ein Balbierer sey / sich darauff verstehe und sonst
nichts thüe / alß solche beobachte und in ihrem Esse erhalte / es
sey dann / daß er dir auch alle Tag den Bart abschabe / und das
Knebelgen in Gemsenhörnlicher Form auffsetze / und mit einem
darzu tauglichen mit Ambra und Biesem zugerichteten Schmiersel
auffsteiffe: Jetzt komme ich zu den Augen / denen du alß den aller-
edelsten Gliedern deines Leibs ihre Begierden diß und jenes zusehen mit nichten eine Maß setzen / sondern ihre Weyd und Lust auff
allerhand Maniern / wie sie nur zuersinnen / mit höchstem Fleiß
suchen sollest; hierzu tauget vornemblich / daß du schönes Frauenzimmer auff der Sträu haltest wie Heliogabalus: schöne Pferd samt
ihren Leuthen und Bereitern / die ihrer warten / und sie tantzen
lehren wie der grosse Schach in Persia hat / deren Sättel und Zeug
mit Silber / Gold und Edelgestein gestickt und außgeziert seyen /
Affen und Meerkatzen die possierlich gaucklen / und Papageyen
von mancherhand Farben / die artlich schwetzen können: auch
must du deiner Augen Belustigung suchen in Anschauung liebli-
cher Comödien / darzu du die Kleidungen und Theatra / solche so
wol alß die Personen selbst auff tausentfaltige Manieren zuveren-
dern / auffs köstlichst und kunstlichst beyschaffen und zurichten
lassen sollest: auch mustu deine Augenweid suchen in einem schönen Lustgarten / den du nach belieben von neuem anlegen / und
ob gleich nicht mit nutzbarn / jedoch mit kostbarn frembden Ge-
wächßen und seltenen Raritäten besetzen (wie du dich dann nicht
zuschämen hast / sondern es gereicht dir zu sondern Ehren / so du
ein Par hundert Ducaten gleich andern Blumen-Narren umb ein
Gewächs gibst) und mit theuren Grotten / schönen Lusthäusern
unvergleichlichen Wasser künsten außzieren lassen: und hierzu
lauter frembde Meister von Rom oder Pariß (wann es gleich deine
ingesessene auch können) gebrauchen / und theur belohnen sollest
/ damit deiner Unterthanen Gelt fein allgemach auß dem Land
schleiche / und sie nicht reicher werden alß du selbst bist: auch
mustu deine Augen im Baulust delectieren / und zwar solches auff
die neuest Jtalianische / Spannische oder Frantzösische Mode / auß
welchen Landen du dann auch / wie beym Gartenbau gemeldet

worden / die Werckmeister zubeschreiben / die theureste Materialia / alß das Glaß von Muran / den Marmor auß der Jnsul Paro / das Kupffer auß Schweden zuholen: und so dir ein ausgemachtes Werck nicht recht wol gefällt / solches wieder niederzureissen hast / bis es nach deinem Sinn auffgeführt sey: Nicht weniger must du deinen Augen ein Freud machen mit allerhand schönen Tapezereyen / Gemählen und Antiquitäten der allerkünstlichsten Meistern / so jemahls in der Welt gelebt / dich auch solche Stück zuerlangen kein Gelt dauren lassen / warzu du dann ein sonderbare Kunstkammer / darinn sich auch sonst ein Uberfluß von allerhand wunderbarlichen Sachen befindet / ausrichten solst; Uber das wirds auch deinen Augen eine sonderbare Freud und Ergetzung bringen / wann du alle deine Diener in einer lustigen Liberey ausziehen siehest / kanst derowegen beydes das Zeug und die Außstaffierung darzu gehörig / nicht allein zu Pariß kauffen / alß wo man die neuste Mode zuhaben pflegt / sondern auch die Kleidung selbsten (ob es gleich noch so viel Schneyder in deinem Land hätte) alldorten verfertigen lassen / und auß diesen wenigen Exemplen abnehmen / wie du in allem übrigen deinen Augenlust suchen und pflegen sollest / alß mit nächtlichen Feurwercken und dergleichen / hier alles ohnnöhtig und ohnmüglich zuerzehlen: der Marckt wird dich schon lernen kramen. Von den Augen komme ich zu ihrer nächsten Nachbarin der Nase / die liesse sich zwar gern mit wenigem genügen / aber den edlen Geruch / der sein Wohnung darinn hat / ernähre mit allerhand Aromaten / mit allerhand Balsam / Biesem / Ambra / Zibeth etc. mit Rosenwasser / damit jederzeit das Zimmer bespritzt / und das Lavor gefüllt seyn soll: mit allerhand Gummi / Asa dulcis / Storax Calamitæ und dergleichen: und in summa mit allerhand Wurtzeln / Blumen / Kräutern und kostbarn Säfften / die einen edlen Geruch haben und von sich geben / darauß lasse dir Rauchkertzen / Täffelein / Pulver / und so gar auch den Schnupfftaback: item Bisem-Apffel / wolriechende Säcklein und anders zu Hispalis oder Matrill verfertigen / und samt den wolriechenden Handschuhen alle Monat / oder längst alle Viertel Jahr auff der Post zu dir herauß bringen / damit du alles fein frisch habest: doch kanst du jederzeit neben dem Pulvre Cyprio auch andere Sachen im Vorraht haben / alß *Oleum Gelsomini, Cedri, Benzoi, Citronum, Camphora, Amygadaltum dulcium, Spicæ, Ambracanæ, Storacis:* jtem von Wassern die jenige / so auß Muscat-Rosen / Pomerantzen-Blühet / weiß Lilien-Wurtzlen / und dergleichen distiliert worden: auch anderer Species darvon ich erst oben Meldung gethan / damit beydes deine Kleidungen und der Lufft in den Zimmern ohne Underlaß durch guten gesunden Geruch deine Hirngeister erquicken und belustigen.

Jetzt komme ich zu den Ohren / deiner Augen Brüder / gegen denen du ebenfahls (sie mit ihrer Gebühr anmühtig zuerhalten) nicht karg seyn sollest: zwölff Trompeter und zween Paucker werden ihnen ausserhalb deines Hauses angenehm seyn / und auch deinen Stand nicht wenig scheinbar machen: under Tach aber lasse sie andere Musici beydes Vocalibus und Instrumentalibus erfreulich hören: under denen die singen / seyen auffs wenigst ein Dutzet Eunuchi / die mit Essen / Trincken / und anderer dergleichen guter Verpflegung zärtlich gehalten und tractiert werden müssen / damit sie ihre Engelstimm auch zart behalten: von denen aber / die auff allerhand Instrumenten spielen / bring die Besten in Europa zusammen / ob du sie gleich auch reichlicher alß einen gemeinen Bratensgeiger oder Sackpfeiffer besolden must: darneben schaue zu / daß sie zugleich Schalcksnarren / Possenreisser / Gauckler und Fuchsschwäntzer seyen / damit sie eben so wol mit ihrem Reden alß mit ihrer Music deinen Ohren zu Lust und Freud dienen / zu welchem End du dann auch ohne diese etliche kurtzweilige Räht bey Hoff halten sollest / ob sie gleich nicht eitel Apophtegmata / sondern nur grobianische Zotten und Büffelspossen vorbringen / dann gleich wie einerley Speiß und Tranck nicht immerhin und allweg dem Mund schmeckt / also dienet auch die Abwechslung den Ohren / und erfrewet das Gehör: So bald du die geringste Lust und Gelegenheit hast Gesundheiten zutrincken und trincken zulassen / so vergesse nicht / neben dem Trompeten / die Lermen blasen / auch das grob Geschütz darunder donnern zulassen / darvon mir ehemahl das Hertz im Leib vor Freuden auffgehupfft / aber genug vom Gehör / du wirst mich schon mercken / wie ichs vermein / und von dir selbsten noch mehr Ohrenlust ersinnen und zuwegen bringen können: willst du aber den Augen auch neben den Ohren ein extraordinari verwunderliche Ergetzung machen / wie bey den Comœdien zugeschehen pflegt / so lasse dir Athanasii Kircheri seltzamme Erfindungen in Natura zurichten / welches dir den Beutel mehr raumen / alß Schmaltz auff die Suppe schaffen wird. Jetzt kommen wir zum Mund / darinn der Geschmack seine Wohnung hat / und von welchem man sagt / der Mensch habe nichts in dieser Welt / alß was er mit dem Maul darvon bringe: dieser ist dem Menschen eintzig geben / nicht darumb daß er / wie etliche sich traumen lassen und daher lallen / seine darinn wolverwahrte Zung desto besser in acht nemmen soll / sondern daß er den Schlund umb so viel desto reichlicher verpflegen / versorgen und außfüllen könne: solches haben auch die Alten vor etlich tausend Jahren verstanden / und demselben tapffer zugeschopfft / wie es der weidliche Hercules gekönt / beschreibst Epicharmus in seinem Busiride mit folgenden Versen:

Intus sonat guttur, sonat maxiliaque
Simulque dentes: dens caninus instrepit
Exhibeant nares, & ipsam aurem movet:

das ist.

Der Halß schnarcht / der Kirbel thönt auch mit /
Die Zähn knorn daher / weil sie thun ihrn Schnitt /
Die Naß schnaubt überlaut / die Ohrn ruhen auch nicht.

Aristot. schreibt in seinen Ethicis von einem Frisio / der sich einen Kranchshals gewünschet / umb der Speysen Lieblichkeit desto länger zuempfinden: Clearchus erzehlet von einem Pythilio / daß er die Fisch nicht wie andere mit den Zähnen gekeut / sondern nur von den Gräthen hab abgezogen / auff daß er den guten Geschmack nicht so bald verlöhre: von einem Cirenæo meldet Athenæus lib. 1. Dipnosoph. daß er dermassen mit guten Bißlein sich wissen zuversorgen / daß er ihm auch seinen Lattig / den er künfftigen Tag essen wolte / über Nacht ins Wasser legte / damit er desto dicker und saftiger wurde: der Poet Antiphanes sagte von einem so genanten Phönicide / gleich wie Menelaus zehen Jahr umb ein Weib gekriegt / also möchte auch Phönicides gleich so lang / und wol länger mit einem Fischer umb ein grossen Aal märckten: Hermippus sagt von Nodippo Tragico / wann alle Soldaten die Händ so tapffer brauchten / alß dieser die Zähn / so dörffte man nicht so viel Kriegsleuth zum Peloponesischen Krieg / sondern man hätte mit einem genug: sintemahl wann es mit Fressen auszurichten were / Nodippus den gantzen Pelopenesum auff einen Tag verschlingen könte: Possidonius gedenckt eines Theaginis Athletæ welcher einen gantzen Ochsen auff einmal auffgezehrt: Amaranthus Alexandrinus meldet vom Herodoto Megarensis (welcher zwo Trompeten auff einmahl blasen können) daß er auch auff einmahl 3. Leib Brodt / 20. Pf. Fleisch und 2. Viertel Wein zu sich genommen / deme ein Weib Aglaris genandt / deren Phidippus in seinen Epigram. gedencket / nicht viel nachgeben / alß welche über einmahl 12. Pf. Fleisch / 2. Leib Brodt und ein halb Viertel Wein zu Faden schlagen können: Maximinus junior hat über einer Mahlzeit 24: Maß Wein getruncken / und 40. Pf. Fleisch aufgerieben: Pharon / dessen auch Flavius Vobiscus mit Verwunderung gedenckt / hat an deß Keysers Aureliani Tafel ein wilde Sau / 100. Brodt / 1. Hammel / 1. Spansau zu sich genommen / und so viel Wein darzu gesoffen / alß Wasser in einen Wallfisch gehen möchte: Geta Jmperator könte 3. Tag an einandern zu Tisch sitzen / und wolte / daß man ihm die Gericht nach dem Alphabeth solte auftragen: Clodius Albinus pflegte allein beym Confect 1000. Pfersich / 10. Körcken / 500. Feigen / 300. Ostrien und 20. Pfund Rosinen beizulegen: Astidamon Milesius zechte bey einer Mahlzeit deß Königs Ariobartzanis alleinig auff / was vor alle Gäst war zugerichtet worden: Lucius Piso könte in Gegenwart Tiberii 3. Tag aneinandern mit Trincken aushalten / und Heliogabalus müßte alle Mahlzeit für sich allein nicht weniger alß umb 100. Sestertia Speyß haben: Apicius Romanus reisete bis in Lybiam / umb der herrlichen grossen Feigen / so allda wachsen solten / rechtschaffen zugeniessen: Crispinus gab 6000. Sestertia umb einen eintzigen Barben / und Gathin eine Egyptische Königin ließ in ihrem gantzen Königreich verbieten / daß man ausser ihrer Gegenwart gar keinen Fisch essen solte: geschweige jetzt der Mahlzeiten Gothi deß Königs in Thracia / Cleopatræ der Königin in Egypten: Ariamnis Galathi / Antiochi Epiphanis / Demetrii Phaleræi / Alexandri Magni / deß Römers Luculli / Neronis Commodi / Vitellii / und andern mehr etc. Dieser Exemplen folge nach mit kostbarlichen Gastereyen / und vergiß beydes der alten und jetzt-lebender Geyrmäuler Schleckerbißlein nicht / sintemahl auch die alten Sicilier der Göttin Gulæ (wie Palæmon Lib. 9. *ad Timæum* schreibt) einen Tempel und Altar auffgerichtet: Vornemlich stelle alles an auff die Frantzösische neue Mode / deren Bottagien eine etwann auff 25. Pistolen zustehen komt / ohnangesehen ihre Vorfahren uns Teutsche wegen überflüssiger Zehrung etwann durchgehechlet haben: Hierzu wisse zur Nachricht / daß Statius under dem Tischgenäsch die Nuß auß Ponto / die Palmen in Jdumäa und die Pflaumen auß Damasco lobet: Varro hält die Samische Pfauen / die Phrygische Antvögel / die Egyptische Datteln / die Ambracianische Böcklein / und die Searos auß Sicilia vor die beste: Suetonius rechnet unter deß Keysers Vitellii / Delicias der Phasanen Hirn / und die Murenen auß dem Carpatischen Meer: Athanæus zehlet in seinem Deipnosoph. under die lieblichste Speysen die Egyptische Dauben / die Gethulische Spargen / die Rhegische Zwibeln / die Ambracische wilde Säu: die Siracusische Krametsvögel / den Böotischen Aal / die Attische Feigen / und die Macedonische Thunnos: so lassen sich auch nicht so leichtlich verschmähen die Rhombi / auß dem Mare Adriatico: die Salmen und Karpffen auß dem Rhein: die Ostrien bey Tarenta / die Pfersig bey Cchio / die Forellen auß den Waldwassern / die Bodenseische Lampreten und Gangfisch / die Ferraresser Stör / die Sicilianische / Holländische / Placentzische und Riminische Keß / die Paphlagonische Kesten / der Ostienser Melonen / die Ravenische Pimpernüßlein / die Numidische Hüner / die Tarentinische Haselnuß / die Calecutische Hanen / die Spoletanische Morcheln / die Westphalische Schüncken / die Cremonische Mortellen / der Niederteutschen Knackwürst die Genffer Capaunen die Schwartzwäldische Ochsen: die Romanische Gänse und Lombardische Wachtlen: auch endlich die Freyburger 4. Elementa. Welche Species alle je theurer je besser sie seynd: solche befleisse dich jederzeit zur Hand zubringen / und auff der Tafel zuhaben / darbey du auch an allerhand der besten Wein keinen Mangel verspüren lassen sollest / under dem Elsasser erwehle den Reichenweyer / under dem Preißgauer den Affenthaler: under dem Ungerischen den Tockaier: under dem Rinckauer den Hochheimer: under dem Reinischen den Bacharacher: under dem Franckischen den Klingenberger / aber bey Leib verachte auch nicht den edlen Necker Wein / den Oetschländer und Moßler: und wo müglich / so lasse dir auch deß edlen Getrancks auß Hispania / Candia / ja wo immer müglich / gar von Chiraß auß Persien bringen / dann auff solche Weis wirst du nur desto ehender fertig werden / über das wird dir nicht schlecht anstehen / viel weniger übel schmecken / wann du mit allerhand angemachten Kräuter-Weinen und Aromatices gefaßt bist: alß Wermuht-Wein / zum Kopff und Magen / Aland-Wein / Augentrost-Wein / Räppes- oder Beerwein / Benedicten-Wein / Betonien und Nägeleinblumen-Wein / wieder Hufftwehe / Borragen- und Ochsenzungen-Wein wieder das Gifft / und das Geblüt zureinigen / Haselwurtzen-Wein der vors Grieß taugt / Himber- und Kirschin-Wein wieder deß Sommers Hitz / Hirschenzungen-Wein zum Miltz / Jsopenwein zur Lungen / Morolff / Lavendel / und Majoran-Wein zum Haubt / Roßmarein-Wein zum Hirn / und den Nerven / Salbey-Wein zu den Zähnen und vor den Krampff / Tamariscken-Wein wieder die Melancholey / Zitwan und Hippocras dich zuerwärmen / und Citronen-Wein dich abzukühlen: und wol dem / der jedesmahl dergleichen im Vorraht und bey der Hand hat / auß dem jenigen / nach dem ihn gelustet / von zweyen Massen einen schmalen Zug zuthun: Du must auch dieses nicht allein zugeniessen begehren wie ein neydiger Hund / der sonst niemands nichts gönnet / sondern andern auch mittheilen / ansehenliche Gäste laden / und auch deren Diener bis aufs Wiedergeben zum Sauffen nöhtigen lassen.

So viel vor dißmahl vom Geschmack und wie du denselben accomodirn und befriedigen sollest: nun ist allein der fünff Sinnen das Gefühl noch überig / welchen wahrhaftig rauche Cilicii / scharffe Winterkälte / grosse Sommerhitz / spitzige Dorn und dergleichen wiederwertige Ding / viel weniger strenge Arbeit und schwere Läst zutragen annehmlich / derowegen must du solches alles wie die Pest selbst fliehen / und dich hingegen nach solchen Sachen umbsehen / die dir im Fühlen Wollust bringen: Befleisse dich hierin ebenmessig der Frantzösischen Manier: deine Hembder seyen vom reinsten Cammertuch / dein Bettwerck viel gelinder alß deß Sardanapali / dein Beltzwerck sey leicht und von Moscowitischen Zoblen / der Uberzug aber von dem kostbarlichsten Frantzösischen neuesten seidenen Zeug: im Sommer hab allzeit etliche Knaben neben dir stehen / die dir mit Pfauenschwäntzen wo nicht der Mucken wehren / doch wenigst einen annehmlichen kühlen Lufft machen / und im Winter gebrauche dich der warmen / wie im Sommer der kühlen Bäder / wie etwan die alten Röm. Keyser: Was dir weiters abgehet / und mir jetzunder nicht alles einfällt / das Gefühl besser und in allem recht vernüglich zu contentieren / darumb frage dein Frauenzimmer / zum Augenlust zuhalten dir oben anbefohlen / das wird dir besser alß ich zurahten und zuhelffen wissen / doch daß du in allem die Französ. Art und Manier beobachtest.

Deine Händ betreffend / so kanstu dieselbe nicht allein alle Morgen mit den allerköstlichsten Pomaden auff Spannische oder Jtalianische Gattung im Waschen accomodiren / sondern solst sie auch auf Frantzösisch mit theuren Handschuhen / kostlichen Ringen etc.

zieren / daß du nit allein wie die Prælaten nach den Zeiten deß Jahrs und der Festtägen mit den Farben umbwechßlen / sondern alle Tag mit einer andern Farb und Gattung brauchen: auch zu Zeiten hie und da dem einen und andern einen darvon verehren köntest; Wegen der Füssen bedarff es zwar keiner gewissen Regul / dann du wirst ja selber so witzig seyn / daß du keine zwilchene / sondern die allerbesten seidene Strümpff tragen solst / so wirstu auch selbs wol wissen / Stiffel und Schuh von bestem Leder zu Pariß machen / die Schuhe mit ihren geflügleten Bändern ausstaffieren / und die Pantoffel mit Gold und Perlen sticken zulassen: wilt du aber auch guldene Schuhrincken und Sporen haben / mit Edelgesteinen besetzt / so wirds nur desto herrlicher stehen; und was wolts seyn? hatte doch Heliogabalus guldene Bruntzkachlen: diß ist auch gut Frantzösisch / daß du kein Par Schuh zweymahl anzeuhest wie der König selbsten: Jm übrigen aber seye ernstlich bedacht / daß alle deine Kleidungen auswendig mit Gold gestickt oder verschammerirt / und drüberhin viel dicker mit allerhand Banden alß Mercurius mit Flügeln / oder ein Jacobsbruder mit Muscheln behenckt seyen / worzu dann die kostbare Holländische Spitzen beydes an den Hembdern / Canonen / Fatzinetlein und anderm weissen Zeug nicht übel passen.

Betreffend die Ubungen deines Leibs / so schaue fleissig zu / daß du dir keine Kranckheit an Halß / viel weniger dich gar zu Todt arbeitest / dann die Bauren so doch zur Arbeit geboren / sagen selbst / wer sich zu Todt frone / der sey verdamt: kanst du vor Essen / Trincken / Schlaffen und Buhlen zukommen / und etwas Zeits erübrigen / so setze dich hin zum Spielen / und zwar umb keine Haselnuß wie die Kinder / sondern umb Gelt / welches ohne das durch dich mit Hacken nicht verdienet / sondern von dem jenigen hergeben wird / der die Schuh mit Wyden bindet; gewinnest du wol gut / so hast du Lob darumb / wo nicht / so ist dir gleichwol auch das Verspielen keine Schand / massen jener General / welcher Gesandschaffts weis bey dem Gegentheil gewesen / eine Posten in seine Rechnung gebracht / also lautend: jtem zu Erhaltung meines allergnädigsten Herrn Reputation verspielt 20000. R.thl. Bist du etwas mühd in Comödien / Balleten / Täntzen und andern dergleichen Ergetzlichkeiten beizuwohnen / oder hast durch überflüssiges Essen und Trincken den Magen überfüllt / also daß die Natur eine Bewegung erfordert / solchen Uberfluß zuvertauen und gleichsam den Bauch durch etwas Außhüngerung zu künfftiger Füllerey wiederumb anzufrischen / so stelle eine Jagt an / doch nicht daß es das Ansehen habe / alß bey einem der auß Mangel genugsamer Nahrung dem Wild nachstelle / sondern alß bey einem der in Erhaltung seiner jagtbarn Gerechtigkeit seine Lust suchet: zu welchem End du dann allerhand Hunde wie die immer Nammen haben / samt denen darzu gehörigen Garnen / Jägern / Weydleuthen / Hundsbuben und Hundsbuben Jungen halten / und solche damit sie nicht unlustig zum Jagen werden / allzeit wol accomodieren sollest: und was ich hier vom Jagen sage / das verstehe auch vom Beitzen / und ist nichts daran gelegen / wann dich gleich ein Hirsch oder ander Stuck Wildpret mehr gestehet oder kostet / alß wann du es zu Venedig hättest kauffen / und zu dir her in Teutschland bringen lassen. Spatzieren fahren zu Wasser und Land / auch so nahe alß weite Lustreisen zuthun / beydes inneralß ausserhalb deines Lands / seynd dir gleichfahls nicht verbotten / wann du selbst aber Alters halb nicht mehr reisen magst / so schicke deinen jungen Printzen in fremde Länder / so wol das Gelt darinn durchzubringen / alß böse Sitten und grössere Arten der Verschwendungen zulernen.

Anbelangend deine Leuth und Hoffbediente / so bewerbe dich in deiner Jugend und zwar gleich Anfangs in deiner Regierung umb frische junge Leuth auß allerhand Frembden und Außländern / junge Räht zwar / daß sie sich nit understehen dir / wegen grosser Weißheit und Erfahrung / die sie zuhaben sich einbilden / Gesetz vorzuschreiben: Frembde damit sich deine Unterthanen und Vasallen nicht zu gemein mit dir machen: Die Doctores nim zu Rähten / wie sie also frisch und neu-gebachen auß den Schulen komen / die kanst du ziehen wie du wilt / die adeliche Empter besetze mit Außländern / und verbinde sie dir mit noch grössern Gnaden und Reichthumben / dann die Jnländer seynd dir ohne das unterthan und genug gesessen: Deine Leibquardi sey von Schweytzern / alß welche ihren Herrn so treu und hold seynd / daß nicht allein schier alle Potentaten sich ihrer hierzu bedienen / sondern man siehet auch die Würckung solcher ihrer Liebe in ihrem Land an den vielen Schlössern: zu Laqueyen lasse dir umb mehrer Seltzamkeit wegen etliche Moren durch die Holländer auß Jndia bringen / zu denen nimb etliche Polen und Wallachen an / alß welche trefflich wol lauffen können.

Nun alle diese deine Bediente Hoffbursch (deren ein unnöhtige grosse Menge seyn soll) wie die immer Nammen und Empter tragen mögen / versorge mit genugsammem ja überflüssigem Unterhalt / beydes in Speyß und Tranck / alß auch stattlicher Kleidungen / alß welches einen solchen Herrn wie ich dich vor einen ansehe / ein trefflich Ansehen macht / doch zeuch vor und bereichere allweg die Frembdling vor den Heimschen / damit der Ruhm deiner Hochheit und Freygebigkeit auch in der Frembde berühmet werde / welches dann dein meiste Sorg seyn soll / dafern du anderst einiger Sorg ergeben seyn wilst: die übrige Angelegenheiten deiner Unterthanen und Gescheften deß Lands laß deine Räht und Doctores verwalten / alß welche du deßwegen besoldest; Jch wolte dich zwar auch gern ein wenig in der Alchimey unterrichten / und wie du dich darinn verhalten sollest / auch andere mehr Weg an die Hand geben / auff denen du ein zimliches durchjagen köntest / dieweil ich aber nicht weiß / worzu du gesinnet bist / und worzu du einen Lust trägst / so breche ich ab / und vermahne allein / daß du dem jenigen / was ich gesagt / fleissig nachkommen sollest / nicht zweiflend / du werdest durch diesen feinen Anfang je länger je höher steigen / und endlich den Gradum des berühmbten Sardanapali erreichen; solte es aber dannoch mit deinem Verderben langsam hergehen / sintemahl dich bedunckt / die Einkünfften deines Lands seyen unerschöpflich / so fange mit einem gewaltigen alß du bist / einen unnöhtigen und unrechtmessigen Krieg an / und fahre ihn mit Unvorsichtigkeit / so wirst du / wilß GOtt / bald fertig werden: Kanst du aber dißfalls auch nicht zukommen / so lasse diß deine vornehmste Regul seyn / daß du deine Unterthanen nach und nach außsaugest / ihre Schätz beraubest / und ausserhalb deines Lands solche verschwendest / hingegen aber ihnen keine Mittel und Weg an die Hand gebest / sondern sie vielmehr verhinderst wiederumb andere zuerwerben.

Secundatus.

Mein redlicher teutscher Simplice / du hast mich heut eines solchen hauffen guten Dings erinnert / und durch deine Unterrichtungen so viel gelernet / daß ichs mein Lebtag nicht vergessen / sondern mir dergestalt zu Nutz machen werde / daß dir meine und meiner Unterthanen Nachkömling nicht genug werden dancken können / ich möchte deinem offenhertzigen Discurs noch heut den gantzen Tag zuhören / so sehe ich aber dort meine und deß Würths Leuth das Essen bringen / deßwegen wir dann anstatt der Ohren jetzt unsere Mägen speysen wollen.

BESCHLUSS DESS AUTHORS ERICI.

Hierauff lägerten wir uns in dem grünen under der Linden auff gut altvätterisch umb das Essen herumber / bis auff den Juden / welchem die Meuder auß Mitleyden ein Par Eyer spendierte / damit der arm Schelm so nicht mit uns speysen wolte / kein Hunger leyden dörfte / wir aber schroten tapffer zu / und liessen nichts unterwegen / was noch bequemlichkeit deß Orts zu unserer Ergetzung taugen könte: *Secundatus,* welcher ein grosser Herr war / und ohnbekanter Weis die Länder beschauet / war Zahler / und liesse es nicht allein beym besten / alß es daselbst seyn könte / hergehen / sondern verehrte auch der alten Meuder und dem Knan ein nahmhafftes zu Letze / die Ziegiener Genossen seiner auch / und hatten die Ehr / daß er ihnen selbst zu Tantz auffmachte / und Wein genug hertragen liesse: wir machten auch nicht ehender alß gegen Abend an dieser unserer Belustigung ein

ENDE.

Über tredition

Eigenes Buch veröffentlichen

tredition wurde 2006 in Hamburg gegründet und hat seither mehrere tausend Buchtitel veröffentlicht. Autoren veröffentlichen in wenigen leichten Schritten gedruckte Bücher, e-Books und audio-Books. tredition hat das Ziel, die beste und fairste Veröffentlichungsmöglichkeit für Autoren zu bieten.

tredition wurde mit der Erkenntnis gegründet, dass nur etwa jedes 200. bei Verlagen eingereichte Manuskript veröffentlicht wird. Dabei hat jedes Buch seinen Markt, also seine Leser. tredition sorgt dafür, dass für jedes Buch die Leserschaft auch erreicht wird.

Im einzigartigen Literatur-Netzwerk von tredition bieten zahlreiche Literatur-Partner (das sind Lektoren, Übersetzer, Hörbuchsprecher und Illustratoren) ihre Dienstleistung an, um Manuskripte zu verbessern oder die Vielfalt zu erhöhen. Autoren vereinbaren direkt mit den Literatur-Partnern die Konditionen ihrer Zusammenarbeit und partizipieren gemeinsam am Erfolg des Buches.

Das gesamte Verlagsprogramm von tredition ist bei allen stationären Buchhandlungen und Online-Buchhändlern wie z. B. Amazon erhältlich. e-Books stehen bei den führenden Online-Portalen (z. B. iBookstore von Apple oder Kindle von Amazon) zum Verkauf.

Einfach leicht ein Buch veröffentlichen: **www.tredition.de**

Eigene Buchreihe oder eigenen Verlag gründen

Seit 2009 bietet tredition sein Verlagskonzept auch als sogenanntes "White-Label" an. Das bedeutet, dass andere Unternehmen, Institutionen und Personen risikofrei und unkompliziert selbst zum Herausgeber von Büchern und Buchreihen unter eigener Marke werden können. tredition übernimmt dabei das komplette Herstellungs- und Distributionsrisiko.

Zahlreiche Zeitschriften-, Zeitungs- und Buchverlage, Universitäten, Forschungseinrichtungen u.v.m. nutzen diese Dienstleistung von tredition, um unter eigener Marke ohne Risiko Bücher zu verlegen.

Alle Informationen im Internet: **www.tredition.de/fuer-verlage**

tredition wurde mit mehreren Innovationspreisen ausgezeichnet, u. a. mit dem Webfuture Award und dem Innovationspreis der Buch Digitale.

tredition ist Mitglied im Börsenverein des Deutschen Buchhandels.

Dieses Werk elektronisch lesen

Dieses Werk ist Teil der Gutenberg-DE Edition DVD. Diese enthält das komplette Archiv des Projekt Gutenberg-DE. Die DVD ist im Internet erhältlich auf **http://gutenbergshop.abc.de**

Zeitfracht Medien GmbH
Ferdinand-Jühlke-Straße 7
99095 Erfurt, Deutschland
produktsicherheit@kolibri360.de